사랑은 상처를
허락하는 것이다

anthology

사랑은 상처를 허락하는 것이다

공지영 지음

해냄

30년이란 세월은 3.8킬로였던 나의 첫 아이가 엄마가 될 만한 시간이었고, 30년이란 세월은 내게 무한한 영광과 모욕을 준 시기였으며, 30년이란 세월은 이 세상 모든 것에 대해 다 안다고 생각하던 맹랑한 젊은이를 실은 나는 요즘은 아무것도 모르겠다, 라는 얼마간의 성숙한 인간으로 만든 세월이었다.

개인적으로 쏟아지던 모든 고통은 날것의 분뇨처럼 욱신거리며 익어 이제 내게는 기름진 거름들이 되었다.

30년 동안의 저작들을 다시 정리하며 나는 새삼 나의 인생 전체를 되돌아보는 시간들을 가졌다. 작가로서 나는 얼마나 행운아인지, 인간으로서의 나는 또 얼마나 지극한 사랑 속에 살았는지 말이다. 책을 하나 낼 때마다 달려와 주었던 사람들. 그들이 눈물을 머금고 내게 했던 말들.

"선생님 때문에 인생이 바뀌었어요."

생각해보면 그때 이미 나는 작가가 얻을 수 있는 모든 영광의 면류관을 다 얻었고 세상의 모든 작가들이 받을 수 있는 최상의 찬사를 다 받은 것 같다.

오늘은 섬진강가에 나와 앉아 하염없이 저 강물을 바라본다.

이 세상의 고통과 아무 상관도 없는 듯한 도사들의 말이 싫어진 것은 가을이기 때문이리라.

하루의 양식을 벌기 위해 하루 종일 자존심을 내놓고 좌판에 앉아 있는 아낙네들과 기쁨이 없는 노동에 시달리는 사내들과 고달픈 통근에 매달려 가며 이렇게 사는 게 맞는 걸까 졸리운 슬픈 젊은이들, 고양이를 재우는 소녀들의 자장가가 훨씬 더 생생한 삶에 가깝다고 느끼는 것은 말이다.

그래 가을이 왔고 깊어가고 있다. 바람은 더 투명해지고 죽음을 향해 어쩔 수 없는 고개를 돌려봐야 하는 계절……. 내 인생 몇 번의 가을을 더 맞을까. 몇 번의 감을 더 먹고 몇 번의 낙엽을 더 맞을까. 어떤 욕심을 오늘은 또 내려놓아야 할까, 섬진강은 조용히 흐른다.

내게 밥을 주고 내게 아이들의 양식을 주고 내게 술을 주었던 독자들께 진심으로 감사드린다. 한 생애를 작가로서 영광되게 보냈다. 바라건대 이 시간 이후 우리가 더 깊은 사색으로 조금씩 함께 나아가게 되기를…….

2019년 봄

공지영

01

저를 사랑하는 방법을 알고 계세요?

사람은 언제나 마지막 순간에 깨닫는 것이다.

사랑한다고. 그것도 언제나 가장 나쁜 순간에 말이다. 사랑하느냐는 질문은 그러므로 무의미했다. 오히려 그들은 이렇게 질문을 받았어야 했다.

"저를 사랑하는 방법을 알고 계세요?"

—『무소의 뿔처럼 혼자서 가라』

02

사랑은 상처받는 것을 허락하는 것이다

그래도 당신은 내게 사랑해야 한다고 말씀하시는군요. 그것은 두려운 일이 아니라고, 상처받는 것을 허락하는 것이 사랑이라고. 다만 그 존재를 있는 그대로 놔두는 것이 사랑이라고. 제게는 어려운 그 말들을 하시고야 마는군요. 그래요, 그러겠습니다. 그렇게 해보겠습니다. 상처받는 것을 허락하는 사랑을 말입니다.

—『빗방울처럼 나는 혼자였다』

03

너는 무엇을 바라는가

가끔씩 나는 나 자신에게 묻고 싶어진다.
너는 무엇을 바라는가, 하고.
부신 햇살과 흰 신작로, 멀리서 일렁이는 호수,
파스스 떠는 진초록의 나뭇잎, 그리고 모란이 지는
그와 나와 또 미래 아이들의 뜰, 돌절구와 연못,
그리고 대청마루에 깃드는 서늘한 평화,
그를 만나기 위해 몰래 밤거리로 뛰쳐나갔을 때
어느 집 담장에 핀 월계꽃 향기…….
모든 이들의 가엾음, 모두 부당한 권력에 대한 분노,
모든 여린 것들에 대한 사랑에 점점 무디어져가는
너 자신을 경계하라. 다시금 다시금 경계하라.
깊은 밤과 환한 낮, 제 몸에 달린 천 개의 눈 중
단 한 개는 언제나 감지 않는 용처럼 마지막 한 눈은
언제나 가장 충혈된 채로 그 밤 잠 못 드는
가장 고통스러운 이를 지켜보아야 하리. —『고등어』

04

사랑 때문에 우는 남자

"사랑한다고 모든 것을 다 이길 수는 없겠지, 대신 자유를 얻었어, 진정한 자유……." 그의 눈에서 뜻밖에 눈물이 흘러내렸다. 나는 분해서 우는 남자, 억울해서 우는 남자, 싸우다 우는 남자, 술 취해서 우는 남자는 본 적이 있었는데 사랑 때문에 순전히 그것 때문에 우는 남자는 처음 보았다. 그런데 더욱 이상한 것은 섬진강변에서 그 부드러운 저녁 바람 속에서 그것은 그냥 자연스러운 일로 느껴졌다는 것이었다.

—『공지영의 지리산 행복학교』

05

그럴 것!

진심으로 직면할 것,

그렇게 되기를 진심으로 기원할 것!

그리고 남은 시간은 견딜 것,

반드시 그 뒤에는

사랑을 통한 성숙이 온다는 것을

믿을 것!

—『인간에 대한 예의』

06

그냥 사랑 때문에

"왜 사랑하나요?"라는 문장은 문법적으로는 옳다. "어떻게 그를 사랑하게 되었나요?"라는 질문도 문법적으로 옳다. 그러나 현실적으로 그 말들은 성립되지 않는다. 왜 사랑하는지 이유를 분명히 댈 수 있다면 이미 그건 사랑이 아닐 것이기 때문이다. 아주 먼 훗날 한 여자를 사랑했고 그녀와 결혼하기 위해 수도원을 떠났던 내 동료는 왜 그녀를 사랑하게 되었냐는 질문에 "A4 용지를 건네던 그녀의 손을 본 순간 사랑에 빠져버렸다"고 대답했다. 그러나 그건 A4 용지 때문도 그녀의 손 때문도 아니었으리라. 대답하자면 그건 그냥 사랑 때문이었으리라.

—『높고 푸른 사다리』

07

당신의 길

인생의 길을 올바로 가고 있는지 알아보는 방법이 있는데
그건 이 세 가지를 질문하면 된다는 거야.

네가 원하는 길인가?
남들도 그게 너의 길이라고 하나?
마지막으로 운명도 그것이 당신의 길이라고 하는가?

—『네가 어떤 삶을 살든 나는 너를 응원할 것이다』

08

글을
쓰고 싶다

그 여자로 말하자면, 그 여자는 글을 쓰고 싶어 했다. 소설, 영원히 잊을 수 없는 소설. 한 문장 한 문장 읽을 때마다 가슴에 손톱으로 긁는 것처럼 붉은 상처자국이 주욱주욱 그어질 것같이 아픈, 그러면 안 되지만 잃어버리고만 삶의 이면(裏面)을 일깨워주는, 그러나 결국은 사랑이고 믿음이고 희망인 그런 소설. 가만히 거울을 들여다보면서, 그래도 난 네가 좋아, 참 좋아, 라고 말하게 만드는 그런 소설.

—「섬」, 『별들의 들판』

09

상처 위로 내리는 축복

살아 있는 모든 곳은 상처를 받고, 생명이 가득 찰수록 상처는 깊고 선명하다. 새싹과 낙엽에 손톱자국을 내본다면 누가 더 상처를 받을까. 아기의 볼을 꼬집어보고 노인의 볼을 꼬집어보면 누구의 볼에 상처가 더 깊이 남을까? 생명이라는 것은 언제나 더 나은 것을 위해 몸을 바꾸어야 하는 본질을 가졌기에 자신을 굳혀버리지 않고 불완전하게 놓아둔다. 이 틈으로 상처는 파고든다. 상처받고 있다는 사실이 그만큼 살아 있다는 징표이기도 하다는 생각을 하면, 상처는 내가 무엇에 집착하고 있는지를 정면으로 보여준다. 상처를 버리기 위해 집착도 버리고 나면 상처가 줄어드는 만큼 그 자리에 들어서는 자유를 맛보기 시작하게 된다. 그것은 상처받은 사람들에게 내리는 신의 특별한 축복이 아닐까도 싶다.

—『아주 가벼운 깃털 하나』

10

이상한 느낌

참 이상하다. 어떤 이는 일 년을 보아도 낯설고, 어떤 이는 보는 순간, 그것이 어떤 형태이든 마음에 와서 깊은 인상을 남긴다. H를 만난 지 겨우 몇 시간이 지났을 뿐인데 나는 그와 아주 오래전부터 알고 있었던 것 같은 이상한 느낌에 사로잡혀 있었다.

—「맨발로 글목을 돌다」, 『할머니는 죽지 않는다』

11

사랑은 섬과 같다

언제나 돌아보면 지나간 시간은
두 손으로 움켜쥔 모래알처럼 덧없었다.
모두가 혼자였다.
섬처럼 그들은 한 사람씩 서 있었다.

남편 따라 선배도 땅으로 돌아갈 것이다.
다만 그 거리(距離)가, 그 시간이 남아 있을 뿐,
우리가 삶이라고 부르는, 그 거리.

—「섬」, 『별들의 들판』

12

산다는 것은 지금에 충실한 것이다

위녕, 산다는 것도 그래. 걷는 것과 같아. 그냥 걸으면 돼. 그냥 지금 이 순간을 살면 돼. 그 순간을 가장 충실하게, 그 순간을 가장 의미 있게, 그 순간을 가장 어여쁘고 가장 선하고 재미있고 보람되게 만들면 돼. 평생을 의미 있고 어여쁘고 선하고 재미있고 보람되게 살 수는 없어. 그러나 10분은 의미 있고 어여쁘고 선하고 재미있고 보람되게 살 수 있다. 그래, 그 10분들이 바로 히말라야를 오르는 첫 번째 걸음이고 그것이 수억 개 모인 게 인생이야. 그러니 그냥 그렇게 지금을 살면 되는 것.

—『딸에게 주는 레시피』

13

마지막 날이 오면

마지막 날이 오면 나는 무엇을 할까요. 글을 쓰겠죠. 책도 읽고 맛있는 것도 먹고 꽃은 오래 바라보겠죠. 그러고 나면 내가 사랑하는 사람들을 하나씩 안으며 고맙다고 말해주고 싶습니다. 이미 내 곁에 없어서 몸으로 껴안을 수 없는 이들의 이름도 하나씩 불러보며, 아주 보잘것없을 만큼 작은 것이긴 했지만 그래도 사랑하는 마음이 있어서 내 인생이 환했노라고, 명예도 멍에도 재물도 가난도 모두가 그것을 위해서였노라고 말해주고 싶습니다.

그런데 문득 그런 생각이 들었습니다. 늙어서 할 수 있는 일, 죽음을 선고받으면 할 수 있는 일, 그걸 지금 못하는 이유는 무엇일까.

—『빗방울처럼 나는 혼자였다』

14

생은 혼자 가는 길

생(生)은 혼자 가는 길, 혼자만이 걷고 걸어서 깨달아야만 하는 등산로 같은 것인지도 모른다. 히말라야의 에베레스트 정상에 헬리콥터를 타고 간들 아무도 그가 산을 정복했다고 말해주지 않듯이, 그건 눈보라와 암벽과 싸워서 무엇보다 자기 앞에 놓인 시간과 싸워서 각자가 가야만 하는, 절체절명의 고독한 길이라는 걸…….

—『공지영의 수도원 기행』

15

진실은
게으르다

진실이 가지는 유일한 단점은 그것이 몹시 게으르다는 것이다. 진실은 언제나 자신만이 진실이라는 교만 때문에 날것 그대로의 몸뚱이를 내놓고 어떤 치장도 설득도 하려 하지 않으니까 말이다. 그래서 진실은 가끔 생뚱맞고 대개 비논리적이며 자주 불편하다. 진실 아닌 것들이 부단히 노력하며 모순된 점을 가리고 분을 바르며 부지런을 떠는 동안 진실은 그저 누워서 감이 입에 떨어지기만을 기다리고 있는지도 모른다. 이 세상 도처에서 진실이라는 것이 외면당하는 데도 실은 그만한 이유가 있다면 있는 것이다.

—『도가니』

16

열쇠

“난 그 사람을 사랑했어요. 그 사람 나가고 나면 청소하면서 그 사람 자던 베개를 털지 못했어요. 그 사람 자던 체취 흩어져버릴까 봐. 멀리서 그 사람이 오는 소리가 들리면 가슴에서 수만 마리의 나비 떼가 팔랑거리는 거 같았어요.”

미진은 그 열쇠를 가지고 가서 제자리에 꽂았다. 함께 자는 것, 총을 사는 것, 만져보는 것, 악착같이 돈을 버는 것도 어쩌면 사랑이겠구나, 하고 그녀는 문득 생각했다. 포옹하지 않고, 섹스하지 않고, 움켜쥔 것을 놓고, 열쇠를 던져버리는 것이 때로는 그럴 수 있듯이.

—「열쇠」, 『별들의 들판』

17

너무 많은 생각들이 일어나거든

너무 많은 생각들이 일어나거든, 그 생각들이 그야말로 네 머릿속에서 폭발하도록 그저 내버려두렴. 흙탕물이 가라앉도록 홍수의 그 거칠고 품위 없는 물결이 너를 휩쓸고 가지 않도록. 소리 내는 물결은 마실 수 없다.

우리를 살찌우는 것은 조용히 떨어지는 작은 물방울들 혹은 소리 나지 않고 솟아 나오는 샘물이다.

—『상처 없는 영혼』

18

나이가 들면서 깨닫는 것

나이가 들면서 내가 깨달은 것 중의 하나는 젊은 시절 내가 그토록 집착했던 그 거대(巨大)가 실은 언제나 사소하고 작은 것들로 우리에게 체험된다는 사실이었다.

말하자면 고기압은 맑은 햇살과 쨍한 바람으로, 저기압은 눈이나 안개, 구름으로 온다는 것이다.

—『아주 가벼운 깃털 하나』

19

신이 들어주신 기도

나는 인생을 즐기고자 신께 모든 것을 원했다. 그러나 신은 모든 것을 즐기게 하시려고 내게 인생을 주셨다. 내가 신에게 원했던 것은 무엇 하나 들어주시지 않았다. 그러나 내가 당신의 뜻대로라고 희망했던 것은 모두 다 들어주셨다. —작자 미상

—『우리들의 행복한 시간』

20

모른다, 라는 말

깨달으려면 아파야 하는데, 그게 남이든 자기 자신이든 아프려면 바라봐야 하고, 느껴야 하고, 이해해야 했다. 그러고 보면 깨달음이 바탕이 되는 진정한 삶은 연민 없이 존재하지 않는 것 같았다. 연민은 이해 없이 존재하지 않고, 이해는 관심 없이 존재하지 않는다. 사랑은 관심이다. 정말 몰랐다, 고 말한 큰오빠는 그러므로 나를 사랑하지 않았는지도 모른다. 나를 업어주고, 나에게 아이스크림을 사주고, 언제나 나를 걱정한다고 말했지만, 내가 왜 그렇게 변해가는지 그는 모르겠다, 라고만 생각했을 뿐이었다. 그러므로 모른다, 라는 말은 어쩌면 면죄의 말이 아니라, 사랑의 반대말인지도 모른다. 그것은 정의의 반대말이기도 하고 연민의 반대말이기도 하고 이해의 반대말이기도 하며 인간들이 서로 가져야 할 모든 진정한 연대의식의 반대말이기도 한 것이다.

—『우리들의 행복한 시간』

21

오늘을 만끽해라

그래 가끔 눈을 들어 창밖을 보고 이 날씨를 만끽해라. 왜냐하면 오늘이 너에게 주어진 전부의 시간이니까. 오늘만이 네 것이다. 어제에 관해 너는 모든 것을 알았다 해도 하나도 고칠 수도 되돌릴 수도 없으니 그것은 이미 너의 것은 아니고, 내일 또한 너는 그것에 대해 아는 것이 아무것도 없단다. 그러니 오늘 지금 이 순간만이 네가 사는 삶의 전부, 그러니 온몸으로 그것을 살아라.

—『네가 어떤 삶을 살든 나는 너를 응원할 것이다』

22

외로움에 젖은 밥숟가락

눈물에 젖은 빵을 먹어보지 않은 자와 이야기하지 말라는 이야기가 있다. 배고픔에 시달리고 나부끼어 가장 낮은 곳에 엎드려본 경험이 있는 인간, 고작 손바닥만 한 배를 채우기 위한 밀가루 덩어리를 얻기 위해 자신의 존재를 진창 속에 버려둔 경험이 있어본 인간…… 진실로 정면으로 그것과 마주 서보았던 인간은 아마도 삶의 비의를 엿본 인간이 아닐까…….

이제 외로움에 젖은 밥숟갈을 들어보지 않은 자와는 삶을 이야기할 수 없으리라. 외로워도 고픈 배. 자신의 동물성이 가장 드러나는 그때, 차마 미워할 수 없는 자신의 육체가 전하는 배고픔 때문에 밥숟갈을 드는 그때를 정면으로 바라본 인간은 아마도 그 황량한 삶의 뒤안길을 걸어본 인간일 것이고 삶의 뒤안길을 걸어본 인간만이 가장 낮은 곳에 엎드려 있는 인간들을 그 슬픔의 덩어리인 존재를 위해 진실로 손 내밀 수 있으리라.

—『착한 여자』

23

용기

용기는 자신을 사랑하는 힘으로부터 나온다.

—『상처 없는 영혼』

24

생의 한복판

가장 고통스러운 순간까지도 명료하게 깨어 있고 싶어.
그것이 나의 생(生)이라면……
난 언제나 그 한복판에서 있으리라.

—『고등어』

25

유머

인생에서 정말 힘이 든 시기에 필요한 것은 무엇일까?
용기, 낙관, 희망, 여유…….
그렇다. 이 모든 것을 아우르는 것이 바로 유머이며
그것은 역경을 맞는 우리에게 가장 필요한 것이다.

—『아주 가벼운 깃털 하나』

26

나누어 먹어야 맛있는 거야

낮잠에서 깨어나 누구나 고아처럼 느껴지는 그 푸르스름한 순간에 그녀는 우는 아이를 안아주었으리라. 아이의 눈에 세상이 다시 노르스름하고 따뜻하게 느껴질 때까지. 누군가 왕사탕을 내밀면 그것을 반으로 잘라 다시 입에 넣어주며 웃었으리라. 나누어 먹어야 맛있는 거야. 하면서.

—『봉순이 언니』

27

공평한 숭고함

그래, 아무리 누구에겐가 슬픈 일이 있어도 우리는 그 사람만큼 울 수는 없어. 그 사람 속에 있는 슬픔과 비탄이 꼭 우리 마음속에 있지 않아서 그럴 테지. 그런데 어떤 사람이 행복하거나 진정한 사랑을 하거나 숭고한 일을 하는 것을 보면 그 사람은 울지 않아도 우리는 운다. 왜 그럴까 생각해보니까, 어떤 사람에게 생겨난 특별한 슬픔을 우리는 다 가지고 있지 않지만, 어떤 사람에게 있는 특별한 사랑과 행복, 혹은 숭고함은 우리 모두에게 이미 공평하게 나누어져 있어서 그런 게 아닐까 생각하게 되었단다.

—『네가 어떤 삶을 살든 나는 너를 응원할 것이다』

28

그런 생각

신에게 돌아가 항복을 선언하고 내가 자유라고 믿었던 모든 것이 사실은 전혀 자유가 아니었음을 인정하고 나서 나는 비로소 나 스스로의 강박과 어둠으로부터 서서히 자유로워질 수 있었다.

"진리가 너희를 자유케 하리라"라는 성서의 말씀은 그러므로 진리를 통해 자유를 얻기까지의 그 사이, 각 개인마다 특수하게 다를 미묘한 그 무엇을 필요로 하는 것 같았다. 그건 고통일 수도 있고 그건 방황일 수도 있고 어쩌면 내가 엎드려 중얼거린 대로 항복일 수도 있을 것이다.

고통을 거치지 않고 방황을 거치지 않고 보다 큰 것에 복종하는 겸허함 없이 얻어지는 자유는 가짜일지도 모른다는 그런 생각…… 보다 큰 자유, 보다 큰 진리에 순종하는 자만이 가짜 자유와 가짜 진리에 진정으로 불복종할 수 있을 거라는 생각…… 오뜨리브 수도원 가는 길에 마그로지 수도원이 있었듯이 무엇인가가, 어쩌면 대개는 돌발적으로 보이는, 그러나 사실은 필연이었을 그 무엇인가가 있어야 한다는 그런 생각.

—『공지영의 수도원 기행』

29

소리 없는 것들이 우리를 살게 만든다

소리 없는 것들이 우리를 살게 만든다.
아침마다 떠오르는 태양이, 달빛이,
우리를 숨 쉬게 하는 공기들이,
그 깊은 산에서 솟아나는 샘물이,
그리고 모든 선한 것들이.

—『아주 가벼운 깃털 하나』

30

내가
싸우는 이유

세상 같은 거 바꾸고 싶은 마음, 아버지 돌아가시면서 다 접었어요. 난 그들이 나를 바꾸지 못하게 하려고 싸우는 거예요.

—『도가니』

31

사과는
사과나무 가지의 꿈

"저 사과는 저 사과나무 가지의 꿈이잖아." 그녀가 말했다. 그때가 벌써 이십 년 전이었다. 이십 년, 그 사이 무엇을 했나, 여자는 생각했다. 청춘을 쓰레기통에 처박은 죄, 나를 내다버린 죄, 내 몸뚱이 곁에 푸른 사과를 놓아주지 않은 죄…… 피할 수 없다면, 그렇다면, 즐기는 것, 오늘을 살 뿐, 그저 오늘을 견디며 살아갈 뿐…….

—「섬」, 『별들의 들판』

32

실패를 인정하다

결혼에 실패했다고 해서 내 인생이 실패한 것은 아니라는 것을 깨닫게 됐어요. 어떤 의미에서는 내가 그것을 용감하게 인정하는 것이 내 인생을 더 이상 실패로 만드는 것이 아니라는 것을 깨달은 거죠.

—『괜찮다, 다 괜찮다』

33

산다는 것은
드라마가 아니다

산다는 것은 일류 소설들처럼 정제되고 억제되고
그리고 구성이 뚜렷하며 인과 관계가 확실한
한 편의 드라마는 아닌 것이다.

—『고등어』

34

사랑하지 않으면

어느 순간 우리는 멈추어 서서 혼란에 빠진다. 내가 더 많이 줄까 봐, 내가 더 많이 좋아하고, 내가 더 많이 사랑할까 봐……. 나 역시 그런 생각을 했고, 사랑한다는 것은 발가벗는 일, 무기를 내려놓는 일, 무방비로 상대에게 투항하는 일이라는 것을 알게 되었다. 토마스 만의 말대로 "더 많이 사랑하는 사람이 언제나 지는 법"이라는 악착스러운 진리도 알게 되었다. 그런데 문득 그런 생각이 들었던 것이다. 그래 더 많이 사랑하지도 말고, 그래서 다치지도 않고, 그래서 무사하고, 그래서 현명한 건 좋은데 그렇게 해서 너의 삶은 행복하고 싱싱하며 희망에 차 있는가, 하고. 그래서 그 다치지도 않고 더 많이 사랑하지도 않아서 남는 시간에 너는 과연 무엇을 했으며 무엇을 하려고 하는가.

—『봉순이 언니』

35

강물의 등을 떠밀지 말아라

다친 달팽이를 보게 되거든
도우려 들지 말아라
그 스스로 궁지에서 벗어날 것이다
당신의 도움은 그를 화나게 만들거나
상심하게 만들 것이다.

하늘의 여러 시렁 가운데서
제자리를 떠난 별을 보게 되거든
별에게 충고하고 싶더라도
그만한 이유가 있을 것이라고 생각하라.

더 빨리 흐르라고
강물의 등을 떠밀지 말아라
강물은 나름대로 최선을 다하고 있는 것이다. —장 루슬로의 시

—『공지영의 수도원 기행』

36

생은 우리에게 많은 것을 허락하지 않는다

생은 우리에게 많은 것을 허락하지는 않는다고 그가 말했다. 젊음과 시간, 그리고 아마 사랑까지도. 기회는 결코 여러 번 오는 법이 아닌데, 그걸 놓치는 건 어리석은 일이야. 우리는 좀 더 눈을 크게 뜨고 그것들을 천천히 하나씩 곱게 땋아내려야 해. 그게 사는 거야. 아주 작은 행복 하나를 부여잡기 위해 사람들이 얼마나 많은 눈물을 흘리면서 사는지 너는 아니? 진짜 허망한 건 제가 어디로 가는지도 모르고 휩쓸려가는 거라구.

—「존재는 눈물을 흘린다」, 『존재는 눈물을 흘린다』

37

악양,
지리산의 다른 이름

얼굴도 마음도 키도 피부도 모두 다른 우리를 똑같은 인간으로 찍어내기 위해 혈안이 된 도시에서 그 누구도 아니고 오로지 나 자신이 되고자 하는 싸움은 사실은 어쩌면 세상에서 가장 치열하고 힘겨운 전쟁이다. 도시에서 버들치는 타고난 그대로의 고유한 그일 수가 없어서 이리로 왔을 것이었다. 지리산은 그 모든 골짜기 구석구석마다 다른 빛깔로 각기 다른 사람들을 품고 있으니까 말이다.

그 무렵 낙장불입 시인도 그리로 왔다. 그 모든 나쁘고 절망적인 일들이 그렇듯 내 편일 것이라고 믿어 늘 다정히 대했던 사람들이 그를 배신하고 혹은 침묵하고 혹은 눈짓으로 지목하여 그는 거의 회복이 불가능할 정도의 상처를 입었다. 그는 그 남행을 두고 “생애 처음으로 이 모든 것들로부터 무책임해지는 길이었으며, 분노와 환멸과 절망과 투쟁으로 점철된 삶을 산 짐승이 마지막으로 가야 할 길”이었다고 표현했지만 말이다.

악양, 그것은 지리산의 다른 이름, 그것은 경쟁하지 않음의 다른 이름, 그것은 지이(智異), 생각이 다른 것을 존중하는 이름. 그것은 느림을 찬양하고 생명을 존중하는 이름……. 공연 도중에 소주가 나누어지고 구수한 돼지고기 냄새 퍼지는…… 그런 악양에 그들은 그렇게 살고 있었다.

—『공지영의 지리산 행복학교』

38

어쩔 수 없는 것들

있잖아, 쏘아버린 화살하고 불러버린 노래하고
다른 사람이 가져가버린 내 마음은
내가 어쩔 수가 없단 말이야.

—『사랑 후에 오는 것들』

39

J에게

J, 짧은 사랑이라 해도 소중합니다. 약속하지 못해도 아름다울 수 있습니다. 우리가 어차피 영원에 도달할 수 없는 사람들이라서가 아닙니다. 잃어버린 것과 깨어져버린 것보다는 그 '처음'을 항상 간직하고만 싶습니다. 그 처음이 있어서 저는 살 수 있었습니다.

J, 목숨을 걸고 평화를 지키는 것은 아름다운 일이겠지요. 그러나 그 평화도 한 색깔은 아닙니다. 눈 내리고 바람 불고 꽃이 피고 집니다.

—『빗방울처럼 나는 혼자였다』

40

사랑으로 되찾아올 것

너 자신을 망치는 싸움을 해서는 안 돼.
더 사랑할 수 없이 증오로 몰아가는 싸움을 해서는 안 돼.
그러다가는 적과 닮아버려.

—『해리』

41

죽기 전에 돌아보는 것

언젠가는 책을 하나 읽었습니다. 다리에서 강물을 향해 몸을 던지는 사람들에 관한 이야기였습니다. 정신과 의사의 말에 의하면 그들의 대부분은 신발을 벗어놓고 강물로 뛰어드는데, 그들의 신발은 언제나 그들이 떠나온 육지를 향해서 놓여 있다는 거였어요.

저는 그 구절을 읽다가 잠시 멍하게 앉아 있었습니다. 왜였을까 생각해보았습니다. 신발을 그쪽으로 벗는다는 건 그의 온몸을 그쪽을 향해 비틀었다는 이야기가 되겠지요. 그들은 바라보았을까요? 떠나기 전에, 영영 이별하기 전에 그들이 걸어온 삶이 묻은 그곳을……

하지만 말입니다. 저는 생각했습니다. 혹시나 그들이 몸을 비틀었던 것은, 혹시나 희망이 아니었을까 하고. 그들의 구두코는 육지를 향해서가 아니라 사실은 희망을 향했던 것은 아니었을까 하고요. 만일 그들이 죽기 전에 바라본 그 지나온 삶에 단 한 오라기의 희망이 남아 있었다면 어떻게 되었을까요?

그런데 희망은 그들이 이미 살았던 육지에만 있어야 하는 건가요? 깊고 푸른 강물은 정녕 절망이기만 할까요?

—「사랑하는 당신에게」, 『인간에 대한 예의』

42

너 자체로 충분하다

넌 누구를 위해서 존재하는 게 아니다. 그냥 너 자신, 너의 존재 그것만으로 충분하단다. 쓸모 있는 존재가 되어라, 라는 말 따위는 지당도사들이 하는 말이란다. 너는 이미 너의 존재로 이 지구를 꽉 채우는 거야. 그러고 나야 진심으로 너는 다른 사람을 사랑할 수 있고 그게 바로 쓸모 있는 존재란다. 스스로 쓸모없다고 생각하는 네가 사랑을 한들 그게 무슨 소용이겠니. 제발 마음을 편안히 가지렴.

저는 그렇게 하려고 합니다. 하지만……. 그래요, 그렇게 하겠습니다.

—『상처 없는 영혼』

43

인간의 불치병

인간에게 가장 오래된 두 가지 불치병이 있는데 하나가 어제 병이고, 다른 하나가 내일 병이라고 하고 싶다. 둘 다의 공통점은 아시겠지만 내 맘대로 할 수 없다는 것이다.

—『아주 가벼운 깃털 하나』

44

시간은
고통을 중심으로 회전한다

"운명이 생을 덮치는 경험을 했던 사람들은 안다. 그 포충망 속에 사로잡히고 나면 시간은 흘러가는 것이 아니다. 그것은 단지 회전하고 있을 뿐이다. 고통을 중심으로 하여 빙글빙글 돌아가고 있는 것이다. 다만 하나의 슬픔의 계절이 있을 뿐이다"라고 어느 날 갑자기 동성애자라는 이유로 구경거리가 되어 런던 감옥에 갇혀야 했던 오스카 와일드는 썼다.

—「맨발로 글목을 돌다」, 『할머니는 죽지 않는다』

45

가족에 대하여

나는 문득 가족이란 밤늦게 잠깐 집 앞으로 생맥주를 마시러 나갈 수 있는 사람들이 아닐까 생각했다. 그리고 돌아오는 길에는 팔짱을 끼는 사람들, 그리고 편안히 각자의 방에서 잠이 드는 그런…… 사람들.

—『즐거운 나의 집』

46

육체와 영혼의 통로, 눈물

대체 눈물이란 무엇인지, 아마도 영혼과 육체가 통하는 통로가 있다는 증거가 눈물이 아닐까, 마음이 슬플 때 가장 먼저 반응하는 육체의 한 현상이 그것이니까. 한때 지난날을 돌아보며, 내가 잘못 살아온 나날들을 돌아보며 나는 얼마나 많이 울었는지, 슬퍼서 운 게 아니고 어리석은 내 꼬락서니가 한심해서 울었다는 게 정확하리라. 오죽하면 '존재는 눈물을 흘린다'라는 소설 제목을 다 생각해낼 정도였다. 하지만 울면 울수록 내 영혼의 아픈 부분이 씻겨져 내리는 카타르시스 또한 있었다.

—『공지영의 수도원 기행』

47

헤어진 옛사랑이 생각나거든

헤어진 옛사랑이 생각나거든 책상에 앉아 마른걸레로 윤이 나게 책상을 닦아내고 부치지 않아도 괜찮을 그런 편지를 쓴다면 좋겠습니다. 그때 미안했다고, 하지만 사랑했던 기억과 사랑받던 기억은 남아 있다고. 나쁜 기억과 슬픈 기억도 다 잊은 것은 아니지만 그 나쁜 감정은 기억나지 않는다고, 다만 사랑했던 일과 서로를 아껴주던 시간은 그 감정까지 고스란히 남아서 함께 바라보던 별들과, 함께 앉아 있던 벤치와, 함께 찾아갔던 산사의 새벽처럼 가끔씩 쓸쓸한 밤에는 아무도 몰래 혼자 꺼내 보며 슬며시 미소 짓고 있다고, 그러니 오래오래 행복하고 평안하라고.

—『빗방울처럼 나는 혼자였다』

48

인생에서 가장 중요한 것은

인생의 어떤 일에서든 똑같겠지만, 그래, 언제나 가장 중요한 것은, 언제나 가장 첫 번째에 꼽아야 하는 것은 사람이었다. 나는 너무도 소중한 이들을 얻은 것이다.

—『시인의 밥상』

49

결혼의 룰

결혼은 우리가 결혼해야겠다고 마음먹은 때, 남들도 그러는 것이 좋다고 여기는 그때, 마침 내 앞에 애인 없이 나타난 상대방과 하게 되는 거니까. 그러고 나면 아무리 좋은 사람이 나타나도 우린 그 사람과 결혼할 수 없는 거, 그게 보통의 룰이겠죠.

—「별들의 들판」, 『별들의 들판』

50

나무를 심는 이유

"아부지가 매일 낭구를 심으믄 아부지가 죽기 전에 가져갈 것은 실은 아무것도 엄다. 그러나 너거들이 어른이 되었을 때는 여기서 수많은 것들을 얻을 끼고 너거들이 낳은 아그들, 그러니까 내 손주들 대에는 이 산의 나무만 가지고도 그냥 살 날이 올기다. 아비의 생각은 마 그렇다."

―『공지영의 지리산 행복학교』

51

그리움에 절절매고 있어……

"두 끼를 굶었어. 지난밤에는 피아골의 나무가 소식을 보내왔지. '나 절정이야. 혁명도 없이 희망도 없이 내 몸은 곧 절정이야…….' 밤새 단풍나무 벗 삼아 게임 고스톱을 치다 보면 낙엽들이 '낙장불입, 낙장불입' 하고 떨어지네……. 때 이른 단풍 하나 주우려다 보니 인생이 낙장불입인 거 같아……. 생각해보면 길을 잃었다고 뭐가 그리 대수일까, 잃어버렸다고 헤매는 그 길도 길인 것을. 그래도 술은 익어가고 내가 그들을 까맣게 잊은 날에도 술은 익어갈 것이며 나 혼자 그리움에 절절매더라도 술은 익어가겠지."

그 편지들을 읽고 나도 울었다. 누가, 세상의 가을 앞에서 그리움에 절절매고 있다는 표현을 이처럼 감히…… 쓸 수 있을까.

—『공지영의 지리산 행복학교』

52

낙태에 대하여

죄의식 없는 낙태를 나는 반대하지만 죄의식 과잉으로 한 인간을 평생 떨게 만드는 일에도 나는 반대한다. 하지만 그 사이에 공간이 있다. 그리고 그 공간은 여자들의 인권이나 사회제도적 불평등과 함께 고려되어야 한다. 그럼에도 불구하고 생명은 어떻게든 지켜져야 한다는 생각에는 변함이 없다. 생명을 죽이는 일은 죄라는 생각에도 변함이 없다. 다만, 누구와 누구의 생명이 그 삶의 과정과 함께 어떻게 지켜져야 할 것인지에 대해 나는 아직도 그 답을 모른다. 생명은 그것이 모두 죽을 운명을 타고나기에 결국은 더욱 귀중한 것이지만, 솔직히 말하자면 내가 받은 생명 하나, 나로 말미암아 잉태된 생명들 하나 온전히 지키기에도 늘 허덕이고 있는 것이 나라는 사람이니까.

―『공지영의 수도원 기행』

53

외롭지 않게 살아가는 방법

- 이 세상에서 가장 올바르고 가장 정직하게 세상과 대결하려 했던 고귀한 영혼들의 저술을 읽어라.

- 올바르게 살려고 애쓰는 사람들을 만나라.

- 저녁 아홉 시가 지나면 천오백 원으로 값이 내리는 이천 원짜리 장미 한 다발을 사라.

- 나 자신에 대한 굳건한 믿음을 가져라.

- 그리고 열정적이고 용감무쌍한 하루하루를 살라.

—『고등어』

54

살면서 가장 하기 힘든 일

나는 이제 나의 어머니를 용서하려고 애쓰지 않는다. 그건 그러니까 엄마도 그때 자신의 삶이 힘겨웠던 거야, 내 사춘기와 엄마의 갱년기가 일치했으니까, 라는 생각도 하지 않기로 했다. 누군가 말하지 않았던가. 우리 삶에서 가장 하기 힘든 일은 자신에게 상처를 준 사람을 용서하는 일이며 우리 삶의 비극은 그럼에도 불구하고 우리 역시 끝없이 누군가에게 상처를 주며 사는 것이라고.

내 아이들이 자라나서 우리 엄마는 좋은 사람이었어, 바쁘긴 했지만 그래도 우리를 사랑했어, 말할 거라고는 더더군다나 생각해본 일이 없다.

솔직히 나는 우리 아이들 중 하나가 혹여라도 작가가 되어 나처럼 이런 글을 쓰게 될까 봐 두렵기만 한 것이다. 아무리 좋은 문구를 생각해낸다 해도 우리 엄마는 제멋대로고, 우리 엄마는 자기만 알며, 심지어 우리 엄마는 나를 미워하지도 않았다. 관심이 없었으니까…… 한마디로 엄마 자격이 전혀 없는 여자가 하필 나의 엄마였던 것이 내 운명의 시작이었다, 정도가 아닐까…….

—「우리는 누구이며 어디서 와서 어디로 가는가」, 『할머니는 죽지 않는다』

55

낮고 음울한 평화

사방이 고요하다. 방금 누군가의 발자국 소리가
방 밖으로 이어졌지만 사라지고 말았다.
발자국 소리 때문에 낮추었던 볼륨을 다시 높인다.
고요하다. 고요한 밤이다. 눈물이 터져버리기 직전의
낮고 음울한 이 평화.

이제는 너무 늦어버렸다.
강물은 흘러갔고 꽃은 지고 대궁은 삭아 문드러졌으며
낙엽은 휘날리는 것이다. 우리 청춘은 조로하였다.

겨우 30년을 살고 나서,
과거가 그래도 아름다웠다고 추억하는 세대는
얼마나 불행한가.

—『고등어』

56

내가 기도하는 법

다른 사람 앞에서는 '나는 부족한 인간이지만……'이라고 하지만 하느님 앞에서는 '하느님, 제 성질 더러운데 오늘 이 정도면 엄청 잘했죠?'라고 기도합니다. 하느님은 진리고 자유지, 억압이 절대 아니잖아요. 하느님한테 뻐기고, 사람들한테는 위선을 차리고, 그러면 기도하는 게 너무 재미있어요. 하느님도 저를 되게 재미있어 하는 것 같아요.

—『괜찮다, 다 괜찮다』

57

희망

세상은 춥고 죽음은 도처에서 우리를 엄습해오지만, 아직도 백지 앞에 앉으면 막막하지만 나는 앞으로도 더 자유롭게 희망을 노래하련다. 인간은 그리 작은 존재가 아니고, 삶은 한 번쯤 도전해볼 만한 가치가 있는 것이며, 사람들 사이의 연대는 소중한 것이다……라는 희망을.

—「백지 앞, 자유로운 희망」(이상문학상 수상 소감)

58

시간에 대하여

나이가 들면서 삶은 쏜살같이 지나간다. 그 이유는 반복이 일상화되었기 때문이다. 낯선 길이 멀게 느껴지는 것도 같은 이치. 그렇다면 시간조차 공평치 않은 것. 삶을 길게 산다는 것은, 왜 산다는 것은 시간의 잔인함에 내맡겨진 일만이 아니다.

—『네가 어떤 삶을 살든 나는 너를 응원할 것이다』

59

살아 있는 것들은 쓸모없는 걸 가지고 있다

살아 있는 것과 살아 있지 않은 것의 차이 중 가장 뚜렷한 것은 살아 있는 것들은 대개 쓸모없는 것들을 가지고 있다는 것이었다. 말하자면 그게 화분이라면 필요 없는 누런 이파리나, 그게 꽃이라면 시들거나 모양이 약간 이상한 꽃 이파리들을 달고 있다는 거다. 반대로 죽어 있는 것들, 그러니까 모조품들은 완벽하게 싱싱하고, 완벽하게 꽃이라고 생각되는 모양들로만 이루어져 있었다.

—『아주 가벼운 깃털 하나』

60

종교란

서방에서 온 어느 기자가 물었단다, 종교란 무엇입니까. 달라이라마는 조금의 망설임도 없이 간결하게 대답했다고 했다.

"예, 종교란 친절한 마음입니다."

—『공지영의 수도원 기행』

61

눈동자,
무심한……

앰뷸런스가 달리는 동안 그는 내내 은림의 손을 잡고 있었다. 앰뷸런스가 달려갈 길거리에서 차를 비켜주며 혹은 신호등 아래 서서 무심한 얼굴로 사람들이 이쪽을 바라보기도 하였다. 한때 그가 무심한 얼굴로 저 자리에 서서 지나가는 앰뷸런스를 바라보았던 것처럼 그렇게……. 삶의 죽음을 바라보는 무심함으로 그렇게. 언젠가 대학 4학년 때인가 거리로 뛰쳐나가 시위를 시작하던 그들에게 사람들이 처음 보냈던 그 무심함이 떠올랐다. 외치던 그들, 매 맞던 그들, 끌려가던 그들을 바라보던 그 무심한 눈동자.

"명우야. 받아들이자. 천사 같은 사람들만 이상하게도 우리 곁을 먼저…… 떠나갔지 않니?"

명우는 경식의 어깨에 얼굴을 묻고 잠시 흐느꼈다. 흐린 눈물 너머 비상구라는 팻말이 눈에 보였다. 그를 찾아온 날 저녁에 비상구라는 표지판 아래 홀로 앉아 있던 은림의 가여운 뒷모습이 떠올랐다. 비상구는 왜 하필이면 풀잎 같은 초록색이었는지.

—『고등어』

62

선한 일은 맨손으로 할 수 있는 모든 것

선한 것들, 진실들, 정의들은 이상하게 아주 작아. 아우슈비츠는 크고, 그것을 묘사한다는 것은 "대서양을 한 방울도 남김없이 마시는 것처럼, 지구를 포옹하는 것처럼 불가능한 일"이라고 누군가는 말했네. 폭력은 수용소처럼 거대하고 때로는 범국가적이지만, 사람을 살리게 하는 것들은 웃음들, 편지들, 따뜻한 말들, 혹은 한 통의 필름들, 하나의 작은 마음들, 진실을 향한 결단들 혹은 당신은 잊혀지지 않았다고 말해주는 따스한 음성들…… 선한 일은 맨손으로 할 수 있는 모든 것이라고 생각했네.

—「귓가에 남은 음성」, 『별들의 들판』

63

사랑을 모르는 채로

사랑을 해보지 않고 상처도 받지 않는 것보다
사랑을 해보고 상처도 입는 편이 훨씬 더
좋다는 어떤 작가의 글을 읽었다.
아마 이 작가는 평생 한 번도 사랑을 해보지
않았으리라. 사랑을 해본 사람이라면, 그러고 나서
그것이 끝나고 난 뒤의 무참함을 한 번이라도
느껴본 사람이라면 결코 이런 말은 할 수
없을 테니까 말이다.
만일 누가 내게 묻는다면 나는 대답하리라.
생애 단 한 번 허용된 사랑이라고 해도 그 단 한 번의
사랑이 무참히 끝나고 말 것이라면 선택하지 않겠다고.
그저 사랑을 모르는 채로
남아 있겠다고.

—『고등어』

64

운명을 극복하는
단 하나의 방법

내가 어떻게 할 수 없는 일. 엄마는 그걸 운명이라고 불러……. 위녕, 그걸 극복하는 단 하나의 방법은 그걸 받아들이는 거야. 온몸으로 받아들이는 거야. 큰 파도가 일 때 배가 그 파도를 넘어 앞으로 나아갈 수밖에 없듯이, 마주 서서 가는 거야. 슬퍼해야지. 더 이상 슬퍼할 수 없을 때까지 슬퍼해야지. 원망해야지, 하늘에다 대고, 어떻게 나한테 이러실 수가 있어요! 하고 소리 질러야지. 목이 쉬어터질 때까지 소리 질러야지. 하지만 그러고 나서, 더 할 수 없을 때까지 실컷 그러고 나서…… 그러고는 스스로에게 말해야 해. 자, 이제 네 차례야, 하고.

—『즐거운 나의 집』

65

지지와 격려만이

내가 걔한테 해준 말은 딱 한 가지밖에 없었어요. "너는 예쁜 애고, 너는 정말 귀했고, 엄마가 널 임신했을 때 얼마나 기뻤는지 아니? 그리고 네가 나왔을 때 우리가 널 얼마나 예뻐했는지 아니? 너는 기억도 못하겠지만 그 많은 사람들이 너를 사랑했다"고 했죠. 그러니까 애가 변하기 시작하더라고요. 사람을 변화시킬 수 있는 것은 한 가지라는 사실을 알았어요. 지지와 격려만이 사람을 변화시킬 수 있는 것 같아요.

—『괜찮다, 다 괜찮다』

66

마음에도
근육이 있어

마음에도 근육이 있어. 처음부터 잘하는 것은 어림도 없지. 하지만 날마다 연습하면 어느 순간 너도 모르게 어려운 역경들을 벌떡 들어 올리는 널 발견하게 될 거야. 장미란 선수의 어깨가 처음부터 그 무거운 걸 들어 올렸던 것은 아니잖아. 지금은 보잘것없지만, 날마다 조금씩 그리로 가보는 것. 조금씩 어쨌든 그쪽으로 가보려고 애쓰는 것. 그건 꼭 보답을 받아. 물론 너 자신에게 말이야.

—『아주 가벼운 깃털 하나』

67

네가
원하는 것을 해라

네가 원하는 것을 해라. 괜찮아. 하지만 자신이 원하는 것을 마음대로 하는 자유는 인내라는 것을 지불하지 않고는 얻어지지 않는다. 훌륭한 피아니스트가 자유롭게 피아노를 칠 때까지 인내하면서 건반을 연습해야 하는 나날이 있듯이, 훌륭한 무용가가 자연스러운 춤을 추기 위해 자신의 팔다리를 정확한 동작으로 억제해야 하는 나날이 있듯이 자유를 얻기 위해서는 그것을 포기해야 하는 과정이 분명히 존재한다는 것을…….

—『즐거운 나의 집』

68

상처를 씻어내는 약

내가 보니까 상처를 씻어내는 데는 눈물밖에 없더라고요. 누군가 자기를 위해서 울어줘야 되는데, 그게 자기 자신이어도 되잖아요.

—『괜찮다, 다 괜찮다』

69

슬픔에는 성스럽고 절실한 것이 있다

나는 엉망이었던 사람이다. 나는 나 자신을 위해 살았고, 그들을 위해서가 아니라 나 자신을 위해 누군가를 사랑이라든가 우정이라든가 하는 이름으로 내 생 속으로 끌어들이려 했고 나만을 위해 존재하다가 심지어 나 자신만을 위해 죽고자 했다. 누군가 내 심장에 청진기를 가져다 대었다면 아마도 이런 소리가 들렸을 것이다. 왜 태양은 나를 중심으로 돌지 않는 거야? 왜 니들은 내가 외로울 때만 내 곁에 없는 거야? 왜 내가 미워하는 놈들은 승승장구를 하는 거야? 왜 이 세상은 내 약을 바싹바싹 올리면서 나의 행복에 조금도 협조하지 않는 거냐구! 라고.

고모의 말 속에는 언제나 익숙한 데서 배어나오는 무언가가 있었다. 나를 무장 해제시키고야 마는 어떤 것, 아마도 그건 고모가 내게 보여주었던 사랑 같은 것이었을까. 아니면 나를 안고 울었던 고모의 슬픔이었을까. 슬픔이 가면만 쓰지 않으면 그 속에는 언제나 어떤 신비스럽고 성스러우며 절실한 것이 있다. 그리고 그것은 온전히 자기의 것이면서 가끔 타인의 잠겨진 문을 여는 열쇠가 되기도 했다.

—『우리들의 행복한 시간』

70

네 속에 없는 것을 남에게 줄 수 없다

무엇인가에 표상을 투사하는 너의 배후는 무엇이니? 네 속에 없는 것을 네가 남에게 줄 수는 없다. 네 속에 미움이 있다면 너는 남에게 미움을 줄 것이고, 네 속에 사랑이 있다면 너는 남에게 사랑을 줄 것이다. 네 속에 상처가 있다면 너는 남에게 상처를 줄 것이고, 네 속에 비꼬임이 있다면 너는 남에게 비꼬임을 줄 것이다. 네가 사랑하는 사람이 있다면 그는 어떤 의미든 너와 닮은 사람일 것이다. 자기 속에 있는 것을 알아보고 사랑하게 된 것일 테니까. 만일 네가 미워하거나 싫어하는 사람이 있다면 그는 너와 어떤 의미이든 닮은 사람일 것이다. 네 속에 없는 것을 그에게서 알아볼 수는 없을 테니까 말이야. 하지만 네가 남에게 사랑을 주든, 미움을 주든, 어떤 마음을 주든 사실, 그 결과는 고스란히 네 것이 된다.

—『네가 어떤 삶을 살든 나는 너를 응원할 것이다』

71

고통을 통과한 자의 눈

언제나 느끼는 것이었지만 존재를 뒤흔드는 고통을 통과한 자의 눈동자는 투명하고 두려움이 없다. 투명하고 두려움이 없는 것은 무엇이든 사물을 꿰뚫는 힘을 가지고 있다. 어린아이의 무연한 눈동자가 그러하듯 말이다.

—『높고 푸른 사다리』

72

고해성사

무릎을 꿇고 앉아 저의 죄를 고백합니다. 고백한 지 18년 만입니다, 하는데 맙소사 눈물이 터져 나왔다. 그것도 뜨겁고 힘차게 펑펑 나오는 것이다. 그 고해실에 무슨 이상한 요술 스프레이를 뿌려놓은 것처럼 나는 어느덧 작년 겨울 18년 만에 혼자 성당에 찾아가 하느님 앞에 엎드려, 하느님 저 왔어요, 항복해요, 내 인생에 대해 항복합니다, 엉엉 울던 그때의 심정으로 고스란히 되돌아가고 있었다.

"참 어려운 길 오셨습니다. 18년 만이라고 하셨습니까. 축하드립니다. 여기까지 오는 발걸음으로 이미 당신은 죄사함을 받았는지도 모릅니다. 왜냐하면 그것은 18년 동안 걸어온 길이 고단한 길임이 틀림없을 것이기 때문입니다."

—『공지영의 수도원 기행』

73

기억은 기억이라고 믿었던 것과 모순된다

신기하게도 기억은 그 당시에 보이지 않았던 많은 것들을 보게 해준다. 무대 구석에서 작은 제스처를 하는 엑스트라에게 비추어지는 핀 라이트처럼, 기억은 우리에게 그 순간을 다시 살게 해줄 뿐 아니라 그 순간에 다른 가치를 부여한다. 그리고 그 가치는 때로 우리가 우리의 기억이라고 믿었던 것과 모순될 수도 있다.

—『우리들의 행복한 시간』

74

고유한 가치

힘들지? 자유롭고 싶지? 그래, 그러나 고통과 인내가 없는 자유의 길은 없단다. 감히, 단언하건대 그런 건 없어.

인생에는 유치한 일도 없고, 거저 얻는 자유도 없고, 오직 모든 것은 제각기 고유한 가치가 있다는 말밖에 할 수 없구나.

—『네가 어떤 삶을 살든 나는 너를 응원할 것이다』

75

우정은 정적이지 않다

누군가에게 호감을 갖고 좋아하는 것은 누군가를 사랑하는 것과는 다르지. 사람들은 부모나 형제를 사랑하지만 좋아하지는 않는다고 말하잖니? 흔한 일이다. 호감과 사랑이 모두 중요하지만 같은 것은 아니거든.

……

우정은 정적이지 않다. 우정은 마치 강물과 같아서 어떤 방향으로건 흐를 때만 의미가 있지. 따라서 언제나 발전하고, 변화하고, 넓어지고, 새로운 경험을 흡수해야 한다. —앨런 맥팔레인의 『릴리에게, 할아버지가』 중에서

—『네가 어떤 삶을 살든 나는 너를 응원할 것이다』

76

나비에게 다시 숨을 불어넣는 것은

생각을 언어로 표현해 소통하고자 하는 행위는 언어 자체의 한계에 궁극적으로 방해받는다. 사랑하는 남녀가 육체를 사용하여 하나가 되려 하지만, 마지막에 결국 그 육체 때문에 결코 하나가 될 수 없듯이…… 글을 쓴다는 것은 생각이라는 훨훨 날아다니는 나비를 잡아 하는 수 없이 핀으로 고정시키고 상자에 넣는 일, 죽어 핀으로 고정된 채 상자 속에 넣어진 나비에게 다시 숨을 불어넣는 것은 그 글을 읽는 사람들의 숨결 없이는 불가능하다.

—「맨발로 글목을 돌다」, 『할머니는 죽지 않는다』

77

이별의 완성

어쩌면 그와 헤어진 일보다 더 힘든 것은, 누구도 영원히 함께할 수 없다는 것을 알면서 진석과 수연은 영원히 헤어지지 않을 것이라고 믿는 듯한 친구들에게 다시는 그녀와 연관해 그의 이름을 꺼내지 못하게 하는 일이었다.

가끔씩 왜? 하고 묻는 친구들. 그녀를 보면 그의 얼굴을 떠올려야만 한다고 믿는 친구들에게 그녀도 묻고 싶었다. 왜? 세상에 결국은 헤어지지 않는 사람이 있던가? 하고. 아마 그도 서울 어디선가 그를 만나면 그녀를 떠올려야 예의라고 믿고 있는 친구들에게 진땀을 흘리며 혹은 아주 귀찮은 어투로 이 별리를 설명하고 있으리라. 이별보다 이별 후의 이 긴 예식이 더 힘든 법이었다. 그러니 이제 그녀를 봐도 아무도 그의 일을 꺼내지 않게 되면 그때 긴 이별은 완성되어질 것이었다.

"친구가 이렇게 힘들 때 뭐라고 말하는지 나도 모르겠

어. 예전에 독일 오기 전에 내가 남자친구랑 헤어졌을 때 니가 나 위로해주면서 그랬잖아. 사랑은 또 온다고…….”

“그래, 그랬지. 그런데 사랑이 또 오디?”

“……아니.”

잠깐 침묵하다가 스물아홉, 두 처녀는 누가 먼저랄 것도 없이 웃기 시작했다.

사랑이라는 게 변하는 거라고 하는데, 문제는 변하는 사랑을 잡을 수 있는 것이 아무것도 없다는 것이었다. 지난 육 개월 동안 수연이 알아낸 것은 그것뿐이었다. 괜히, 집 안의 책이란 책은 다 뒤져서 기원후 300년경 안티오크에서 태어났다는 동방의 성자, 요한 크리소스토모가 했다는 말 “자기 자신 외에 자신을 상처 입힐 사람은 아무도 없다”는 그의 말을 찾아 빨간 색연필로 밑줄을 북북 그어댔을 뿐이다.

괜찮아, 먹자, 울 시간은 많으니까, 라고 말한 사람이 엄마였다는 생각이 났다. 엄마 말대로 울 시간은 많으니까. 요한 크리소스토모보다 엄마의 그 말이 더 위안이 되는 것 같았다. 우선은 밥을 먹고 우선은 화장도 하는 게 옳았다.

엄마는 한 사람과의 별리가 그토록 쉬웠을까, 난 한 사람만으로도 이미 죽어버릴 듯이 힘든데 엄마는 어떻게 그럴 수 있었어…… 수연은 묘지에 가면 그걸 물어보고 싶었다. 대답은 없겠지만, 대답이 없으니까 묻자고 생각했다. 삶의 핵에 다다르는 본질적이고 진정한 질문이란 원래 대답이 없는 존재에게 하는 것이니까.

—「별들의 들판」, 『별들의 들판』

78

헤어지려는 남자를 돌이키는 방법

헤어지려는 남자의 마음을 돌리는 단 한 가지 방법은 그를 보내주는 거야. 무슨 말이냐고? 헤어지려는 남자는 어떻게든 간다. 그나마 쿨하게 보내주면 갔다가 혹은 가려다가 다시 오는 경우가 0.001퍼센트 정도 있다고 해. 만일 잡는다면? 그 확률은 완벽하게 제로로 내려가고 심지어 인생에 길이 기억될 최악의 이별을 할 확률이 높이 올라간단다.

—『딸에게 주는 레시피』

79

버리면 얻는다

버리면 얻는다. 그러나 버리면 얻는다는 것을 안다 해도 버리는 일은 그것이 무엇이든 쉬운 일이 아니다. 버리고 나서 오는 것이 아무것도 없을까 봐, 그 미지의 공허가 무서워서 우리는 하찮은 오늘에 집착하기도 한다.

—『공지영의 수도원 기행』

80

신이
나를 부르는 시간

내가 무력하게 느껴질 때, 어떤 노력도 부질없을 때,
세상이 모두 내게 등을 돌리고 있다고 느껴질 때,
눈물이 터지기 직전,
아마도 그때가 신이 나를 부르는 시간이리라.

—『의자놀이』

81

내가 소망하는 것

이 나이에 이르러 이제 나는 안다. 삶은 실은 많은 허접한 것으로 가득 차 있다는 것을. 내 남은 생에 소망이 있다면 그중 무엇이 허접하지 않은지 식별할 눈을 얻는 것인데, 여기 새벽 강에 앉아 두런두런 이야기를 나누며 나는 그중 몇 개를 건져 올리는 기분이었다. 그것들은 살아 푸르른 숭어 같았다.

—『시인의 밥상』

82

부자들이 불행한 이유는

내가 엄마와 우리 식구들을 싫어하는 이유는, 그들이 돈이 많고 그들이 자신이 속물들임을 위장하기 위해 흔히 쓰는, 내게 돈만 있는 것은 아니란다, 하는 표정으로 문화예술가를 자처해서가 아니라, 그들이 실은 뼛속까지 외롭고 스스로 홀로 앉은 밤이면 가여운 것이 사실인데도, 그것을 위장할 기회와 도구를 너무 많이 가지고 있음으로 해서, 실은 스스로가 외롭고 가엾고 고립된 인간들이라는 사실을 깨달을 기회를 늘 박탈당하고 있다는 데 있었다. 한마디로 그들은 생과 정면으로 마주칠 기회를 늘 잃고 있는 셈이었다.

―『우리들의 행복한 시간』

83

경계하라

지금은 희망으로 빛나는 이 길을 당신들도 언젠가 절망으로 기억할 날이 있을 것이다. 희망으로 빛나지 않는 길은 결코 절망에도 이르지 못한다. 그것은 결코 길의 탓은 아니지만, 경계하라! 그 변덕스러운 삶의 갈피를. 언젠가 음악이 멈추고 무도회가 끝난 것처럼, 귓속으로 먹먹한 정적이 스며들어올지도 모른다. 그러니 다시금 경계하라! 불행조차도 고여 있지 않는다는 진실을.

—「존재는 눈물을 흘린다」, 『존재는 눈물을 흘린다』

84

상처도 힘이 된다

삶의 반은 시궁창을 기어 다니던 기억으로 이루어진다고 누군가 말했습니다. 어떤 이든 한 인간의 마음속을 가만히 들여다보고 있으면 누구에게서든 아직도 숯불처럼 지글거리며 빨갛게 타오르는 상처들과 만날 수 있습니다.

상처도 힘이 된다……는 사실을 문득 깨달으며 저는 창밖을 바라봅니다.

—『상처 없는 영혼』

85

죽음은 모든 소유와 모순된다

모르겠다. 내가 그에게 느꼈던 동질감은 무수히 많았다. 실은 처음부터 그랬다. 그리고 그중 가장 중요했던 것은 우리가 인생의 어떤 시기부터 내내 죽음의 열차를, 쫓겨서 그랬든, 자발적으로 그랬든, 타고 싶어 했다는 것이었다. 그리고 그 죽음의 열차라는 것을 타고 싶다고 생각하고 나면, 세상의 가치들이 모두 헤쳐 모여, 했다. 중요하다고 생각했던 것이 중요해지지 않고, 중요하지 않다고 생각했던 것이 중요해졌다. 죽고 싶다는 생각 때문에 왜곡된 것도 많았지만 제대로 보이는 것 또한 많았다. 죽음은 이 세상의 가치 중에서 최고의 영예를 누리고 있는 모든 소유와 모순되기 때문이다. 돈, 돈, 돈 하면서 돌아버린 이 세상에서 그것을 비웃을 수 있는 어쩌면 가장 유일한 수단이었기 때문이고, 누구나 한 번은 겪어야 하는 일이었기 때문이다. 나는 그가 나를 이해할 수 있다고 믿었다.

✤

신문 기사에는 사실은 있는데 사실을 만들어낸 사실은 없어요. 사실을 만들어낸 게 진짜 사실인데 사람들은 거기에는 관심이 없어요. 사실은 행위 전에 이미 행위의 의미가 생겨난 것인데. 내가 어떤 사람을 죽이려고 칼로 찔렀는데 하필이면 그의 목을 감고 있던 밧줄을 잘라서 그가 살아나온 경우와 내가 어떤 사람의 목을 감고 있는 밧줄을 자르려고 했는데 그 사람의 목을 찔러버리는 거…… 이건 너무나도 다른데, 앞의 사람은 상장을 받고 뒤의 사람은 처형을 당하겠죠. 세상은 행위만을 판단하니까요. 생각은 아무에게도 보여줄 수도 없고 들여다볼 수도 없는 거니까, 죄와 벌이라는 게 과연 그렇게나 타당한 것일까. 행위는 사실일 뿐, 진실은 늘 그 행위 이전에 들어 있는 거라는 거. 그래서 우리가 혹여 귀를 기울여야 하는 것은 사실이 아니라 진실이라는 거…… 당신 때문에 나는 이런 생각을 하게 되었다는 거지요.

저는 이 세상에서 나만 불행하다고 생각했어요. 다들 행복한데 왜 나만 불행할까 하는 게 날 더 불행하게 만들었지요. 여기는 이 세상의 모든 불행의 집합소 같아요. 이렇게 많은 사람 하나하나마다 그렇게 많은 죄라는 게 있을 수 있다는 게 놀라웠고, 그 죄 뒤에도 그 수만큼 많은 가지가지의 불행들이 있었겠지요. 하루도 빠짐없이 그렇게 죄를 지어 불행한 이들이 여기로 들어온다는 게 또 놀라웠어요.

—『우리들의 행복한 시간』

86

괜찮다,
다 괜찮다

제가 만난 하느님, 신이 저한테 그랬어요. "괜찮다, 괜찮다, 다 괜찮다", 정말 그렇게 말했던 것 같아요. "네가 못난 대로 살아도 나는 너를 정말 사랑하고, 정말 응원한다"고 하는데, 거기서 제가 무너졌거든요. 나를 공격하는 사람들 앞에서는 엄청 강했고 싸울 수도 있지만 '괜찮다, 괜찮다'고 하는데…… 내가 보기에 나는 안 좋고, 안 좋은 정도가 아니라 잘못도 하고 있고, 남들을 공격도 하는데 '괜찮다, 잘하고 있다. 너, 최선을 다하고 있잖아' 하는데, 제가 정말 무너졌다니까요.

—『괜찮다, 다 괜찮다』

87

용감하다는 것

용감하다는 것이 공포가 없다는 의미는 아니다. 공포스러우니까 용감해져야 했던 것인지도 모른다.

어쩌면 공포는 열망의 뒤통수인지도 모른다는 생각이 들었다. 열망을 느끼지 않으면 공포도 느낄 수 없을 테니까, 둘 다 일어나지 않은 것에 대한 감정이라는 공통점을 가진 것이다.

—『공지영의 수도원 기행』

88

산다는 것은
서러운 환희

그때 내 머리 속으로 어떤 여름날이 지나갔다.
햇볕이 쨍쨍 내리쬐고 바람이 많이 부는,
나무 이파리 팔랑거리던 그 언덕…….
내년 여름이 올 때까지 그때까지 건강해질 수 있을까?
약해지지 말아야지. 산다는 것은
내가 선택한 포기할 수 없는 아름다움이고 신비이고
때로는 서러운 환희이지 않은가.

—『고등어』

89

은밀한 기쁨

아기처럼 취급받는다는 것은 다 큰 어른들만이 즐기는 은밀한 기쁨이다.

—『우리들의 행복한 시간』

90

죄책감은 우리를 병들게 하고

엄마는 변화하기 위해 온 힘을 다해 노력했다. 그런데 그 힘은 뜻밖에도 엄마 자신을 비난하는 데서 오지 않았어. 비난하지 않고 과거의 어리석고 못나고 나쁘고 꼴도 보기 싫은 나 자신을 잘 대해주려고 노력하는 데서 그 힘은 왔단다. 어떻게든 그런 나 자신을 이해해주고 다독여주려는 데서 엄마는 일어설 수 있는 힘을 얻었어. 화해와 용서를 원했지만 그건 기실, 과거에 나를 상처 입게 내버려둔 나 자신과의 화해였고, 용서를 한 건 그런 나 자신을 용서한 거란다.

죄책감은 우리를 병들게 하고 반성은 우리를 변화시킬 힘을 준다.

—『네가 어떤 삶을 살든 나는 너를 응원할 것이다』

91

행복은
식탁 위의 은수저처럼

저 창 안으로만 들어가면 행복은 식탁 위에 놓여진 은빛 수저처럼 얌전히 그 자리에 있을 거라고 생각한 적도 있었다. 나 혼자만 벌판으로 쫓겨나 끝이 보이지 않는 밤길을 맨발로 걷는 것 같은 서러움으로 밤마다 뒤척이기도 했었다. 그런데 그즈음 나는 어떤 사람도 행복의 나라나 불행의 나라 국경선 안쪽에 있지 않다는 사실을 새삼 알게 되었다. 모두들 얼마간 행복하고 모두들 얼마간 불행했다.

—『우리들의 행복한 시간』

92

상처의 이면

모든 사물에 이면이 있듯이 상처 또한 여러 이면들을 가지고 있다. 그것은 때로 사람을 망치기도 하고 때로는 제 속에서 고인 채 썩어 사람을 성숙시키기도 한다. 그것은 누군가와 돌이킬 수 없는 결별을 불러오기도 하지만 누군가에게로 선뜻 다가서게도 한다. 사랑해보지 않은 자는 상처 입지 않은 것이니, 상처는 사랑의 어두운 이름일지도 모르겠다. 아니, 아니다. 사랑은 사람을 상처 입히지 않는다. 사랑은 아이를 크게 하듯 사람을 자라게 하고 사랑만이 사람을 성숙시켜 익어가게 한다. 상처는 사랑이 아니라, 사랑 아닌 것들로부터 온다. 그러니 상처는, 사랑이 아닌데도 내가 사랑이라고 착각했던 것들 혹은 사랑할 때 함께 올 수밖에 없는 나와 타인의 잘못들, 이 세상에서 살아가야 하는 우리네 삶의 다른 이름인지도 모른다.

—『착한 여자』

93

나는
어쩌면 그대에게

나는 이제 기도하는 법을 잊었습니다.

그저 낮이 가고 밤이 올 뿐입니다.

모든 상처에는 붉고 딱딱한 상처가 앉아 있습니다. 나는 치유될 수 있을지도 모릅니다. 다시금 사랑하고 다시금 살아가게 될지도 모릅니다. 그러나 체념하고 싶지는 않습니다. 포기하지는 않을 것입니다. 내게 주어진 단 한 번뿐인 나의 생을 결코 서성거리면서 배회하도록 내버려두고 싶지는 않습니다. 그것만이 지쳐가고 있는 내 영혼에게 내가 줄 수 있는 유일한 선물입니다.

그대여. 나는 어쩌면 그대에게 이별을 고해야 할지도 모릅니다. 태연하게 웃으며 손을 흔들지도 모릅니다. 그리고 어쩌면 헤아릴 수조차 없는 수많은 시간들을 그리워하면서…….

—『상처 없는 영혼』

94

기적

돌이 빵이 되고, 물고기가 사람이 되는 건 마술이고 사람이 변하는 게 기적이라고 말씀하셨어요.

—『우리들의 행복한 시간』

95

포정해우

제가 좋아하는 고사성어가 있는데, '포정해우'랍니다.

소를 잡는 사람과 임금이 하는 대화예요. 이 사람이 뼈를 전혀 안 다치게 소를 잘 잡는데, 칼날을 한 번도 갈지 않았대요. 그래서 물어보니까 이렇게 대답했다고 합니다.

"하늘의 이치에 의지하여 큰 틈새에 칼을 집어넣고, 빈 곳을 따라 소의 몸 구조대로 할 뿐입니다. 아직 한 번도 살이나 인대를 다치게 한 일이 없는데, 큰 뼈를 다치겠습니까? 신의 칼은 19년이나 되었고, 잡은 소만도 수천 마리에 이릅니다. 그러나 칼날은 마치 방금 숫돌에 간 것처럼 여전히 날카롭습니다. 이 세상의 어떤 소도 몸의 구조가 똑같은 것은 없습니다. 제가 잡은 것은 죽은 소입니다. 죽은 소마저도 각각의 생김새대로 다루어야 한다면 하물며 살아 있는 존재는 더 말해 무엇하겠습니까? 이것은 기예가 아니라 도입니다."

—『괜찮다, 다 괜찮다』

96

아이를
안아주세요

과거에 존재하는 그 아이가 있잖아요. 그 아이가 처해 있는 구체적인 상황을 우리 모두 사자 너무 잘 알고 있어요. 바람이나 기온, 불빛까지도 다 기억하고 있거든요. 그 아이에게 지금 어른이 된 내가 찾아가는 거예요. 그래서 그 아이를 안아주고 위로해주고 달래주는 거죠. "괜찮아, 너는 그래도 잘 클 거야. 내가 왔잖아"라고 하면서, 지금 내가 그 아이에게 해줄 수 있는 모든 위로의 말과 격려의 말을 해주는 거예요. 그런 아이를 보면 할 수 있는 모든 위로를 해주고, 그 아이를 꼭 껴안아주고, 개랑 같이 있어주는 거예요.

—『괜찮다, 다 괜찮다』

97

responsible

어떤 작가가 말했어.

“자극과 반응 사이에는 공간이 있다. 그 공간에는 반응을 선택할 수 있는 자유와 힘이 있다. 우리의 성장과 행복은 그 반응에 달려 있다.” 그래서 영어의 responsible이라는 것은 response-able이라는 거야. 우리는 반응하기 전에 잠깐 숨을 한번 들이쉬고 천천히 생각해야 해. 이 일은 내 의지와는 상관없이 일어난 일이지만, 나는 이 일에 내 의지대로 반응할 자유가 있다, 고.

—『즐거운 나의 집』

98

소설을
쓰고 싶다면

그래도 소설을 쓰시고 싶다면 이런 말은 어떨까요. 쓰지 않으면 죽을 것만 같을 때, 그때가 바로 펜을 들 때입니다. 다행히 소설의 시작에는 나이 제한이 없습니다. 욕구를 아끼십시오. 미루라는 것이 아니라 아끼고 비축하시란 말이지요.

—『상처 없는 영혼』

99

가진 자의 공포

가진 자가 가진 것을 빼앗길까 두려워하는 에너지는, 가지지 못한 자가 그것을 빼앗고 싶어 하는 에너지의 두 배라고 한다. 가진 자는 가진 것의 쾌락과 가지지 못한 것의 공포를 둘 다 알고 있기 때문이다. 가진 자들이 가진 것을 빼앗기지 않으려는 거짓말의 합창은 그러니까 엄청난 양의 에너지를 포함하고 있어서 맑은 하늘에 천둥과 번개를 부를 정도의 힘을 충분히 가진 것이었다.

—『도가니』

100

사람도 나무처럼

사람도 나무처럼 일 년에 한 번씩 죽음 같은 긴 잠을 자다가 깨어나면 좋겠다는 생각이 들었다. 그렇게 깨어나 연둣빛 새 이파리와 분홍빛 꽃들을 피우며 처음부터 다시 시작하면 좋을 것 같았다.

—『우리들의 행복한 시간』

101

결혼의 목적

결혼은 자기 자신이 성장하고 행복하기 위해서 하는 것이지, 결혼을 지속시키기 위해서 하는 것은 아닌 것 같아요.

—『괜찮다, 다 괜찮다』

102

나이를 먹어 좋은 일

나이를 먹어 좋은 일이 많습니다. 조금 무뎌졌고 조금 더 너그러워질 수 있으며 조금 더 기다릴 수 있습니다. 무엇보다 저 자신에게 그렇습니다. 이젠, 사람이 그럴 수도 있지, 하고 말하려고 노력하게 됩니다. 고통이 와도 언젠가는, 설사 조금 오래 걸려도, 그것이 지나갈 것임을 알게 되었습니다. 내가 틀릴 수도 있다고 문득문득 생각하게 됩니다. 사랑이라는 이름으로 학대가 일어날 수도 있고, 비겁한 위인과 순결한 배반자가 있다는 것도 알게 되었습니다. 사랑한다고 꼭 그대를 내 곁에 두고 있어야 하는 것이 아니라는 것도 알게 되었습니다.

—『빗방울처럼 나는 혼자였다』

103

결혼 속의 고통

남자가 결혼 생활에 있어서 여자에게 저지를 수 있는 나쁜 일은 사실 몇 가지 되지 않는다. 하지만 그 몇 가지 되지 않는 그 일에 여자들은 몇 천 년 동안 적응하지 못한다.

—『착한 여자』

104

소설을 잘 쓰는 법

이 넓은 세상에 있는 가지가지 사물과 가지가지 인간들의 인생사 중에서 오로지 자신의 것으로만 가질 수 있는 느낌과 사건과 하늘을 가지는 것. 글쎄요. 그것이 소설을 잘 쓸 수 있는 비결이라고 말해야 하는 것이 조금 이상합니다. 왜냐하면 그것은 삶을 온전히 내 것으로 만들어야만 하는, 어쩌면 구도의 길과도 같을 수 있으니 말입니다.

—『상처 없는 영혼』

105

감사합니다.
감사

저는 매 순간이 기적이라고 생각하고 살아요. 특히 요즘은. 전에도 얘기했지만 날마다 아침에 일어나서 감사하고, 좋은 일이 일어나면 '이것은 기적 같은 일'이라고 감사하고, 나쁜 일이 일어나면 '여기서 내가 배울 것이 무엇인가를 빨리 찾아봐야지' 이렇게 생각하고, 또 감사하거든요.

—『괜찮다, 다 괜찮다』

106

숯덩이처럼 맑아지는 고통

그것이 고통이라 하더라도 정확히 과녁을 맞히는 모든 것들은 어떤 쾌감을 동반한다. 그런 고통은 우리를 불꽃처럼 정화한다. 우리는 불필요한 것들을 다 태워버리고 숯덩이처럼 맑아진다.

그러나 모호한 고통, 희뿌연 연기를 피워 올리는 듯 악의 어린 말투, 몸짓. 입으로는 미소 짓고 있으나 경멸 어린 눈빛들. 이중으로 해석될 수 있어서 미묘한 뉘앙스에 따라 욕도 칭찬도 될 수 있는 말들. 그런 것들은 우리를 서서히, 그러나 치명적으로 병들게 한다.

—「맨발로 글목을 돌다」, 『할머니는 죽지 않는다』

107

죄는
규율이 만들어낸다

죄는 규율이 만들어내는 것이겠지요. 이곳에서의 죄가 비행기 한 시간 타고 가면 죄가 안 되는 나라도 있으니까요. 10년 전에는 죄가 되었기 때문에 유치장에 갇힐 일이 이제는 그렇지 않은 죄도 물론 있고요. 금기가 바뀌면 죄도 바뀌겠지요.

—『상처 없는 영혼』

108

종속

나는 더 일찍 도망칠 수도 있었다. 거기에 억압은 분명 존재했지만 창살도 없고 담도 없다. 대개의 경우 묶여 있지도 않다. 그럼에도 불구하고 장벽은 매우 강력했다. 그것은 경제적 사회적 심리적 법적 종속…… 그리고 내가 머릿속으로 그렸던 내 미래에 대한 종속이었다. 그 종속은 너무도 부드러웠고, 너무도 천천히 시작되었으며, 사랑이라는 명찰을 달고 서 있었기에 나는 그것을 도무지 알아차리지 못했다.

하지만 삶은 빠저린 궤도로 원을 그리며 운행하고 있었다. 돌고 돌아도 그 자리에 서면 또 어깨가 시렸다. 하지만 외로웠기 때문에, 고통스러웠기 때문에 나는 돌진하고 있었다.

—「맨발로 글목을 돌다」, 『할머니는 죽지 않는다』

109

왜
착한 사람이?

왜 세상에서는 착한 사람이 맞고 고문당하고 벌받고 그리고 비참하게 죽어가나? 그럼 이 세상은 벌써 지옥이 아닐까? 대개 누가 이 질문에 대답해줄 것인가? 누군가 그러더라, 열심히 공부하고 그래서 어른이 되면 모든 것을 알게 될 거라고. 그리고 나도 그 말을 믿었지. 그런데 얼마 전, 나는 깨닫게 된 거야. 어른이 되면 그 대답을 알게 되는 게 아니라, 어른이 되면 그 질문을 잊고 사는 것이라고 말이야.

—『도가니』

110

글자

어두움이 빛을 이겨본 적이 없다.

순간 다 합쳐서 오십 개도 되지 않는 이 철자들이 아우슈비츠를 떠받치고 있는 그런 이상한 느낌에 나는 사로잡혔다. 몇 십만 평방킬로에 이르는 아우슈비츠에서 행해진 악과 비참과 말살과 공포를 한쪽 추에 달고 이 글자 조각들을 다른 쪽 추에 단다면 양쪽이 아주 팽팽해질 것 같은…… 그때처럼 언어의 위대함을 생생하게 느껴본 적은 그 후로도 다시 없었다.

무슨 일이었을까. 아우슈비츠를 떠나면서 나는 처음으로 내가 소설가라는 것이 다행스러웠다. 문학이 대체 무슨 일을 할 수 있을까, 문학은 혹시 그저 고급스러운 오락이 아닐까 괴로웠는데, 평생 처음으로 그랬다.

—「맨발로 글목을 돌다」, 『할머니는 죽지 않는다』 / 『봉순이 언니』

111

문을 하나 더
여는 열쇠

세상으로 향하는 문이 하나 더 열리는 그런 느낌.
그 문을 여는 열쇠는 고통이었어, 운명처럼 보였던.

—「맨발로 글목을 돌다」, 『할머니는 죽지 않는다』

112

겨울 편지

눈물이 불투명해질 때까지
깨물어본 일이 있는 사람은 알지.
내가 아끼던 꽃 한 송이가
화병에 발 담그고 시들던 날 흩어져 날리던 바람 소리
내가 왜 들에 가고 싶었는지
아무렇게나 누워도 잘 어울리는 투박한 산과 강,
내가 왜 들에 나가 바람의 긴 회초리를 맞고 싶었는지.

—공지영의 시

—『상처 없는 영혼』

113

대체
뭘 하고 살았니?

만일, 죽고 나면, 죽어서 저세상이 있다면 누군가 물을 거라는 거 생각해. 이렇게 말이야. 네 나이 서른둘, 뭘 하고 살았니? 대체 뭘 하고 살았던 거니, 하고.

—『고등어』

114

사람들은
진실을 원하지 않는다

아마도 그때 알아야 했으리라. 그때나 지금이나, 그리고 아마도 앞으로도 아주 오래도록, 사람들은 누구나 진실을 알고 싶어 하지 않는다는 것을, 막다른 골목에 몰릴 지경만 아니라면, 어쩌면 있는 그대로의 사실조차도 원하지 않는다는 것을. 사람들은 누구나 자신이 그렇다고 이미 생각해온 것, 혹은 이랬으면 하는 것만을 원한다는 것을. 제가 그런 지도를 가지고 길을 떠났을 때, 길이 이미 다른 방향으로 나 있다면, 아마 길을 제 지도에 그려진 대로 바꾸고 싶어 하면 했지, 실제로 난 길을 따라 지도를 바꾸는 사람은 참으로 귀하다는 것을.

—『봉순이 언니』

115

현실은 우리의 상상을 넘어선다

이상한 일은 삶에 대해 더 많이 알게 되면 될수록 사람에 대해 정나미가 떨어진다는 것이다. 그리고 그보다 더 이상한 일은 정나미가 떨어지는 그만큼 인간에 대한 경외 같은 것이 내 안에서 함께 자란다는 것이다.

삶과 현실은 언제나 그 참담함에 있어서나 거룩함에 있어서나 우리의 그럴듯한 상상을 넘어선다.

—「작가의 말」, 『도가니』

116

내가 맞다고 생각하는 삶

내가 맞다고 생각하는 대로 내 삶을 사는 것, 그건 이기적인 것이 아닙니다. 내가 맞다고 생각하는 대로 남에게 살도록 요구하는 것, 그것이 이기적인 것입니다.

부인은 내가 나의 행복을 희생하여 당신을 사랑하기를 원하시겠습니까? 부인은 부인의 행복을 희생하여 나를 사랑하고 나는 나의 행복을 희생하여 당신을 사랑하겠고, 그래서 불행한 사람 둘이 생겨나겠지만, 사랑 만세! —앤소니 드 멜로 신부의 『깨어나십시오』 중에서

—『네가 어떤 삶을 살든 나는 너를 응원할 것이다』

117

희망은 구체적이다

희망을 가진다는 것은 얼마간 귀찮음을 감수해야 하는 것이다. 희망은 수첩에 약속 시간을 적듯이 구체적인 것이고, 밥을 먹고 설거지를 하고 쓰레기를 치우는 것처럼 구차하기까지 한 것이지만, 나는 그저 이 길을 걷기로 했다.

누구를 괴롭히기 위해서 살아가는 것이 아니듯이, 누구에게 잘 보이기 위해 살아가지도 않으리라. 나 자신을 믿고 나 자신에게 의지하며 그러고도 남는 시간은 침묵하면서, 고이는 내 사랑들을 활자에 담으리라.

—「작가의 말」, 『봉순이 언니』

118

오늘 행복하지 않으면 영영 행복은 없어

공부도 행복하게 해야 하는 거야. 어떤 대학에 합격하기 위해 오늘을 불행하게 사는 거 그거 좋은 거 아니야. 네가 그 대학에 합격하기 위해 오늘을 견딘다면, 그 희망 때문에 견디는 게 행복해야 행복한 거야. 오늘도 너의 인생이거든. 오늘 행복하지 않으면 영영 행복은 없어.

—『즐거운 나의 집』

119

다시 아름다울 수 있다

생의 어떤 시기이든 봄은 오게 마련이고 그렇게 봄이 오면 다시 아름다울 수 있다는 생각이 났다. 정말일까, 하는 생각도 뒤따라 왔지만 오래 생각하고 싶지 않았다. 그게 아니면 또 다른 계절을 살면 되는 것이니까.

—「월춘 장구(越春裝具)」, 『할머니는 죽지 않는다』

120

감정은 절망처럼
우리를 속이던 시간을 걸어가고

젊은이들에게 말해주고 싶어요. 괜찮다고, 그래도 괜찮다고, 어떻게든 살아 있으면 감정은 마치 절망처럼 우리를 속이던 시간들을 다시 걸어가고, 기어이 그러고야 만다고. 그러면 다시 눈부신 햇살이 비치기도 한다고. 그 후 다시 먹구름이 끼고, 소낙비 난데없이 쏟아지고 그러고는 결국 또 해 비친다고. 그러니 부디 소중한 생을, 이 우주를 다 준대도 대신 해줄 수 없는 지금 이 시간을, 그 시간의 주인인 그대를 제발 죽이지는 말아달라고.

J, 비가 그치고 해가 나고 있습니다. 언젠가 저 하늘에 먹구름 다시 끼겠지요. 그러나 J, 영원한 것은 이 세상에 없습니다. 그래서 우리는 또 살아 있습니다.

—『빗방울처럼 나는 혼자였다』

121

넌
스무 해를 살았니?

넌 스무 해를 살았니? 어쩌면 똑같은 일 년을 스무 번 산 것은 아니니? 네 스무 살이 일 년의 스무 번의 반복이어서는 안 된다는 이야기야.

—『네가 어떤 삶을 살든 나는 너를 응원할 것이다』

122

선택

이미 지나가버린 것이 인생이고 누구도 그것을 수선할 수 없지만 한 가지 할 수 있는 일도 있다. 그건 기억하는 것, 잊지 않는 것, 상처를 기억하든, 상처가 스쳐가기 전에 존재했던 빛나는 사랑을 기억하든, 그것을 선택하는 일이었다. 밤하늘에서 검은 어둠을 보든 빛나는 별을 보든 그것이 선택인 것처럼.

—「별들의 들판」, 『별들의 들판』

123

거대한 악은 작은 악의 보호막이다

추석 연휴를 바로 앞에 두고 지역 신문들은 그제야 아주 조금씩 소망원의 문제를 다루기 시작했지만 늘 주체도 책임자도 애매한 채였다. 언론에 몸담은 사람으로서 이나는 보수 언론들의 생태를 잘 알고 있었고 영세한 지역 언론으로서 그들 개인이 양심이 있든 없든 막강한 부와 권력을 가진 가톨릭을 무시할 수 없을 거라는 것을 알았기에 아무 기대도 하지 않았다. 이명박 정부 지나 박근혜 정부 들어 한국 언론의 투명성은 이제 세계 100위 가까이까지 떨어져 내렸다. 언론의 투명성과 더불어 청렴 지수도 함께 떨어져 내렸다. 이럴 때 합리적이어야 할 세상은 정글로 변한다. 지성은 사라지고 감정과 원시적인 애증만 남으니까.

그럴 때 진보를 가장한 장사꾼과 사기꾼들이 나타나기 시작한다. 썩어가는 정글에서 하이에나뿐만 아니라 작은 벌레들도 포식자가 되는 것이니까. 이명박과 박근혜 정권을 비판하는 것만으로도, 세월호를 애도하는 것만으로도 그들은 장사를 할 수 있는 토양을 만난 것이다. 이럴 때 거대한 악은 작은 악의 보호막이 되어준다. 이렇게 정글로 변한 세상의 숲에서 언제나 먹이사슬의 제일 아래에 있는 사람들이 먼저 죽어나가는 것이다. 그게 아마도 소망원의 중증 장애인이었을 것이다.

—『해리』

124

시간

시간은 내 곁의 것들을 잡아다 뒤로 밀어버린다. 앞으로 달려가는 것을 잡을 수는 있겠지만 뒤로 멀어져가는 것은 보내야 했다. 돌아볼 수는 있지만, 달려가 붙잡을 수 없는 거, 바꿀 수도 없는 거, 수선할 수도 보수할 수도 없는 거. 헤어짐이란 결국 돌이키고 싶은 갈망으로부터 돌이킬 수 없는 현실로 건너가는 일이라는 것도 지난 육 개월간 그녀는 실컷 깨달았다.

—「별들의 들판」, 『별들의 들판』

125

항복합니다, 주님

진리를 알고 싶다는 악착스러움은 지금 내가 생각해도 자신에게 신물이 날 만큼 집요한 것이었다. 대체 인생에서 뭘 바라는 거니? 누군가 비아냥거리는 소리가 마음 한편에서 웅웅거렸다. 하지만 이대로 엎어져 있을 순 없다고, 내가 살아야 하는 이유를 찾고 싶다고, 내가 왜 태어나 이렇게밖에는 살 수 없는지 그걸 밝히고 싶다고……. 그렇게 다시 일어날 때마다 상처자국을 가리기 위해 가면을 쓰면서, 가면 위에 가면이 덧씌워지고, 그 위에 다시 가면을 씌우고, 그리하여 나조차도 내가 누구인지 알 수 없어져버렸다. 그렇게 떠돌다가 나는 엎어져버린 것이었다. 내가 졌습니다! 항복합니다! 항복…… 합니다, 주님.

—『공지영의 수도원 기행』

126

보이는 게
전부가 아닌가 봐요

보이는 것이 같아도, 소리가 달라요. 똑같은 초록이라도 봄 나무하고 여름 나무하고 가을 나무 소리가 다 달라요. 보이는 게 전부가 아닌가 봐요.

—『우리들의 행복한 시간』

127

단순하게,
그렇게

나는 운명의 부름에 답하겠다고, 내가 계획했던 모든 희망을 버리고 가보겠다고, 그 끝에 무엇이 있는지 보러 가기 위해서가 아니라 그냥 그가 부르니까 내가 대답하겠다고, 봄이 오면 꽃이 피고 바람이 불면 잎이 지듯 그렇게 단순하고 단순하게, 그렇게 하겠다고 마음먹었다.

—「맨발로 글목을 돌다」, 『할머니는 죽지 않는다』

128

공평하지 않다

"억울해 언니, 그냥 억울했어. 저 여자는 저렇게 많이 갖고 있는데 나는 왜 이렇게 없는가 싶고, 세상이 너무 불공평하다는 생각이 자꾸 들면서……."

사흘 전 일을 마치고 경찰서로 달려갔을 때 동생 정례는 울면서 그렇게 말했다. 정례는 도둑이 된 것이다. 동생의 나이 마흔, 중학교 3학년짜리 아이를 둔 에미가 유명 상표, 샤넬인지 구찌인지 하는, 주인 여자의 핸드백을 열 개나 훔친 것이었다. 병신 같은 것, 샤넬이든 구찌든 루이뷔똥이든, 성남 모란시장에 가면 오천 원, 만 원짜리가 널려 있는데 왜 그걸 훔쳐냈단 말인가. 등신 같은 년, 니가 그 가방을 들면 진짜라도 모란시장에서 산 것 같고, 주인 여자가 들면 가짜라도 진짜인 것처럼 보이는 걸 몰라? 왜 바보 같은 짓을 해, 하긴! 마음 같아서야 어린 시절처럼 머리를 쥐어박으며 소리라도 지르고 싶지만 순례는 침만 꿀꺽 삼키고 말았다.

—「부활 무렵」, 『할머니는 죽지 않는다』

129

세상의 모든 고통당하는 이들을 위해 가슴이 무너져 내릴 때

이 세상의 모든 고통당하는 이들을 위해 가슴이 무너져 내릴 때 나는 내게 아직 젊음이 남아 있구나, 하고 생각합니다. 그러나 느껴지지 않을 때, 나는 생각합니다. 벌써 너무 늙어버린 것은 아닐까, 하고. 독재자들이 저지르는 만행 중 하나는 모든 사람들을 영영 젊거나 처음부터 속수무책으로 늙어버리게 만든다는 것이 아닐까요.

—『빗방울처럼 나는 혼자였다』

130

상처의 주인

상처는 분명 아픈 것이지만 오직 상처받지 않기 위해 세상을 냉랭하게 살아간다면 네 인생의 주인 자리를 '상처'라는 자에게 몽땅 내주는 거야. 상처가 네 속에 있는 건 하는 수 없지만, 네가 상처 뒤에 숨어 있어서는 안 되는 거잖아.

—『네가 어떤 삶을 살든 나는 너를 응원할 것이다』

131

소박한 삶의 힘

땅에 뿌리박은 모든 것들은 땅에서 길어 올린 것들을 도로 내놓고 땅으로 돌아간다. 세상에서 제일 강한 사람은 모든 것을 버린 사람이다. 세상에서 제일 무서운 사람은 아무것도 욕심내지 않는 사람이다.

—『시인의 밥상』

132

무심한 마음입니다

지금 내게 필요한 것은 사랑도 아니고 그리움도 아니고 그저 낡은 책갈피에 끼어 있던 빛바랜 꽃잎이 팔랑팔랑 떨어져 내리듯 무심한 마음입니다.

—『상처 없는 영혼』

133

인간은 노력하는 한 방황한다

세상은 수도원이 아닌 것이다. 나 역시 다시 젊어지고 싶지는 않다. 젊다는 것은 인간에게 주어진 형벌이라고 나는 아직도 주관적으로 생각하고 있다. 너무나 많은 가능성이 있다는 원칙과, 그것은 어디까지나 가능성일 뿐 우리가 택할 길은 몇 개 안 된다는 현실과의 괴리가 괴로운 것이다. …… 하느님 품에 안기는 날까지 우리는 방황하리라, 라는 성 아우구스티누스의 말을 노트에 적어가지고 다니던 내 사춘기가 떠올랐다. 아니 한술 더 떠 괴테는 "모든 인간은 그가 노력하는 한 방황한다"고 『파우스트』에서 쓰기도 했다.

—『공지영의 수도원 기행』

134

진정한
사랑을 할 수 있다면

보이지 않는다고 존재하지 않는 것은 아니었다. 그를 만난 후 나는 내 어둠 속을 헤치고 죽음처럼 숨 쉬고 있던 그 어둠의 정체를 찾아냈었다. 그가 아니었다면 한 번도 눈여겨보지 않았을 것들. 지독한 어둠인 줄 알았는데 실은 너무 눈부신 빛인 것들이 있다는 것을 모르고 살았을 것이다. 그게 어둠이 아니라 너무도 밝은 빛이어서 멀어버린 것은 오히려 내 눈이었다는 것도 모르고 나는 내가 아는 것이 많다고 생각했으리라. 진정한 사랑을 할 수 있다면 우리는 그 순간 신의 영광을 이미 나누고 있다는 것을 나는 그로 인해 깨달았으니까.

—『우리들의 행복한 시간』

135

고통과 고독과 독서

그럼 작가가 계속 성장하기 위해서는 어떤 것이 필요하다고 생각하시나요?

고통과 고독과 독서, 세 가지가 거의 필수적인 것 같아요.

—『괜찮다. 다 괜찮다』

136

보내는 사람

힘들었겠지요.

언제나 보내는 사람이 힘겨운 거니까요. 가는 사람은 몸만 가져가고 보내는 사람은 그가 빠져나간 곳에 있는 모든 사물에서 날마다 그의 머리칼 한 올을 찾아내는 기분으로 살 테니까요.

그가 앉던 차 의자와 그가 옷을 걸던 빈 옷걸이와 그가 스쳐간 모든 사물들이 제발 그만해, 하고 외친다 해도 끈질기게 그 사람의 부재를 증언할 테니까요.

같은 풍경, 같은 장소 거기에 그만 빠져버리니 그 사람에 대한 기억만 텅 비어서 꽉 차겠죠.

—「존재는 눈물을 흘린다」, 『존재는 눈물을 흘린다』

137

상처

기억은 단지 머릿속에만 저장되는 것은 아니다.

웃음은 위로 올라가 증발되는 성질을 가졌지만 슬픔은 밑으로 가라앉아 앙금으로 남는다고. 그래서 기쁨보다 슬픔은 오래오래 간직되는 성질을 가졌는데 사람들은 그것을 상처라고 부른다고 했다.

—『착한 여자』

138

진심

나는 내가 소위 쿨한 사람이라고 생각하고 있었다. 조금도 개의치 않는 듯한 이별들을 했었다. 그래야만 한다고 생각했던 것이다. 그런데 나는 내가 그 사실들에 계속해서 상처 입고 있었다는 것을 그제야 깨달았다. 그게 진짜였구나, 싫어졌다.

—『우리들의 행복한 시간』

139

이 모든 것들을, 감사하리라

가끔 생각한다. 내가 고발하고 싶었던 그들을 위해 기도할 자신이 없었다면 불의를 고발하지 못했을 것이다. 나마저 분노와 증오에 휩쓸려 간다면 차라리 어떤 것이라도 시작하지 않았을 것은 확실하다.

나는 매일 아침 일어나 오늘 이 날씨, 이 풍경과 더불어 단순하게 행복해지는 걸 선택하게 해달라고 기도했다. 왜냐하면 오늘 나는 여기 있고 이게 전부니까.

어쩌면 인간이 쌓는 언어들, 이념들 혹은 평가들은 그저 허구에 불과했다.

오히려 내게는 저 티 없는 하늘, 한없이 투명한 블루의 바람, 물 위로 힘차게 깃을 치며 먹이를 물고 날아오르는 새들, 누가 뭐래도 꿋꿋이 피어나는 작은 들꽃들, 평생 다이어트를 해본 일 없는 순박한 여자들, 순하게 그늘진 골목길들, 한 손에 읽던 책을 쥐고 개와 함께 강변을 걷는 할머니…… 내게는 이런 것들이 더 구체적이었고 더 삶에 가까웠다.

나는 내게 주어진 이 모든 것들을, 그것이 내 맘에 들든 그렇지 않든 감사하고 감사하리라 다짐했던 것이다.

—「작가 후기」, 『해리』

140

고등어

살아 있는 고등어 떼를 본 일이 있니?

그것은 환희의 빛깔이야. 짙은 초록의 등을 가진 은빛 물고기 떼. 화살처럼 자유롭게 물속을 오가는 자유의 떼들, 초록의 등을 한 탱탱한 생명체들. 서울에 와서 나는 다시 그들을 만났지. 그들은 소금에 절여져서 시장 좌판에 얹혀 있었어, 배가 갈라지고 오장육부가 뽑혀져 나가고.

그들은 생각할 거야. 시장의 좌판에 누워서 나는 어쩌다 푸른 바다를 떠나서 이렇게 소금에 절여져 있을까 하고. 하지만 석쇠에 구워질 때쯤 그들은 생각할지도 모르지. 나는 왜 한때 그 바닷속을, 대체 뭐하러 그렇게 힘들게 헤엄쳐 다녔을까 하고.

—『고등어』

141

이곳에서의
시간은 내 것이에요

이곳에 온 지 10년, 무엇이 변했는지 한번 돌아보았죠. 시간, 시간이었어요. 서울에서의 시간은 내 것이 아니었는데 이곳에서의 시간은 내 것이에요. 이게 제일 큰 변화더라고요……. 조각을 하고 싶으면 하고, 팥빙수를 팔고 싶으면 팔고 가게를 닫고 몇 개월씩 순례를 떠나고 싶으면 떠나죠. 지리산은 참 이상해요. 누가 와도 어울려요. 조선백자처럼요. 조선백자는 베르사유 콘솔에 올려놓아도 시골집 뒤주에 놔둬도 어울리잖아요. 중국의 자기도 일본의 도자들도 그렇지는 못하죠. 지리산은 백자처럼 누구라도 품는 그런 산인 거 같아요.

—『공지영의 지리산 행복학교』

142

별거 아니란다

별거 아니란다. 정말 별거 아니란다! 그런 일은 앞으로도 수없이 일어난단다. 네가 빠져 있는 상황에서 한 발자국만 물러서서 바라보렴. 그러면 너는 알게 된다. 네가 지금 느끼는 건 그리 대단한 것도 아니고 울 일은 더더욱 아니고…… 그저 산다는 건 바보 같은 짓거리들의 반복인 줄을 알게 될 거란다. 자, 이제 울음을 그치고 물러서렴. 그 감정에서 단 한 발자국만, 그 밖을 향해서.

—『무소의 뿔처럼 혼자서 가라』

143

인생,
그 춥고 낮은 배경음

그림책에 얼굴을 박고 있었지만 나는 여기 아닌 '저기'의 일에는 사실은 관심이 없었다.

나는 알고 있었다. 내가 사는 이 세상에 공주는 없다는 걸, 설사 있다 해도 그건 나와는 아무 상관이 없으며, 그러니까 다 부질없는 일이라는 걸, 밀밭을 닮은 금빛 머리칼도, 눈처럼 흰 피부를 가진 소녀도, 심연처럼 푸른 눈동자와 높고 커다란 성에 사는 신비의 마왕과……. 대체 그들이 나와 무슨 상관이란 말일까. 나는 언제나 내 주위의 사람들에게 가장 많은 흥미를 느꼈고 그들은 누구며, 그래서 대체 나는 무엇인지 그것이 알고 싶었다.

그런데 이제 언니가 돌아왔지만 나는 뭐랄까, 굵은 소금밭에 누워 있는 것처럼 온몸이 쓰리고 불편했다. 돌이킬 수 없다는 것을 인정해야 했던 것이다. 시간이 한번 흐르고 나면 누구도 예전으로, 마치 아무 일도 없던 것처럼 예전으로 태연히 돌아갈 수 없는 것이다.

아마 산다는 게, 아마도 힘겹고 슬프고, 등불 하나 없이, 춥고 깜깜한 진창길을 걸어가는 일 같다는 걸, 누구나 헨젤과 그레텔보다 험하고 처량하게 숲속을 헤매야 하는 것이 아닐까, 아마도 그것을 나는 봉순이 언니의 울음소리를 통해 듣고 있었는지도 모른다. 사람으로 태어난 자들, 그 인생의 춥고 낮은 배경음을.

그러자 그때, 장지문을 열고 잠깐 밖을 내다본 나를, 간절하게 바라보던 메리의 눈빛이 다시 떠올랐다. 내가 무표정한 얼굴로 문을 닫아버렸을 때 그의 심정이 어땠을까 헤아리는 일도 이제는 부질없었다. 사는 데 있어서 얼마나 많은 별리가 필요한지를, 그것이 본의는 아니었다 해도 얼마나 많은 죄를 짓고 얼마나 많이 다른 생명을 절망으로 몰아가는지, 생사의 절박한 갈림길에 선 것들의 부르짖음을 외면하고 사는지, 설사 그것이 본의가 아니었다 해도—허술한 유리창이 떨리는 소리가 세상을 뒤엎듯 들렸다 해도—난 정말 몰랐다는 말로 그 모든 이야기들이 용서가 될까 알 수 없었지만, 그렇게 강아지가 죽고 나는 자라고 있었다.

—『봉순이 언니』

144

까짓것
상처밖에

중요한 건 어서 다시 사랑을 해야 한다는 거야. 겁쟁이들은 결코 사랑을 얻지 못해. 무엇이 그리 겁날 게 있어? 까짓것 상처밖에 더 받겠느냐고. 그리고 인생에 상처도 없으면 뭔 재미로 사냐 말이야.

—『아주 가벼운 깃털 하나』

145

불행으로 포장된 보석상자

형벌 없이 글을 쓸 수 있을까? 나는 아니라고 말할 수 있다. 고통 없이 지혜를 얻을 수 있을까? 마흔 살이 훌쩍 넘어 나는 이제 아니라고 대답한다. 형벌과 고통과 가끔씩 하늘을 보고 나를 울부짖게 한, 뭐랄까, 불가항력이랄까, 아니면 운명 같은 것이 이제는 꼭 나쁜 것이 아님을 깨닫는다.

하지만 이것은 어디까지나 사후의 이야기일 뿐이니, 신이 내게 고통을 줄까 안이(安易)를 줄까, 물으면 나는 여전히 안이를, 깨닫지 못해도 좋고 멍청해도 좋으니 안이함을 주세요, 하고 겁도 없이 졸라댈 것 같다.

그래서 신은 우리 모두에게 물어보지 않고 불행을 내리나 보다. 실은, 불행처럼 포장되어 있는 보물덩어리의 상자를.

—『봉순이 언니』

146

하늘나라가 여기에

피에르 신부님의 말씀 중에 이런 말이 있다.

세 사람이 있는데 가장 힘센 자가 가장 힘없는 자를 착취하려 할 때 나머지 한 사람이 '네가 나를 죽이지 않고서는 이 힘없는 자를 아프게 하지 못할 것이다'라고 말할 때 하늘나라는 이미 이곳에 있다.

—『네가 어떤 삶을 살든 나는 너를 응원할 것이다』

147

바다

바다는 말이야 세상에서 제일 낮은 곳이야. 모든 물이 그리로 온다. 그래서 바다는 세상에서 제일 넓은 거지.

—『사랑 후에 오는 것들』

148

시인이란

시인이란 가슴 깊은 곳에 고통을 감추고 있으면서 그것을 비명이나 신음 대신 아름다운 음률로 만들어내는 불행한 사람이라고 키르케고르가 말했던가. 쓰고 읽고 고독한 것. 나는 온전히 내 운명을 받아들인다. 그러면 신기하게도 이 상처투성이 세상이 슬며시 아름답게도 보인다. 그리고 여전히 어리석고 무모한 내게 다가와 속삭이는 소리가 들리는 듯도 하다. "괜찮다, 다 괜찮다"라고.

—『괜찮다, 다 괜찮다』

149

섬진강을 처음 보았던 날

그것이 언제였던가. 내가 젊고 슬펐을 때 나는 섬진강을 처음 보았다. 내게는 그때 아직도 버리지 못한 미련들이 많이 남아 있었고 나는 섬진강가에 처음 앉아 하염없이 그 강을 바라보았다. 섬진강은 박경리 선생의 『토지』에 나오는 월선이의 버선처럼 생겼다, 라고 나는 생각했다. 곱고 보드라웠다. 그 후로 어쩌다가 인연이 되어 둘째가라면 서러워할 만큼 지리산을 드나들었다. 당연히 늘 강가를 지나는 19번 국도에서 섬진강을 보곤 했다. 지리산이 큰엄마처럼 대범하고 품이 넓다면 섬진강은 늘 새색시처럼 단정하고 조신했다. 나는 그 길을 지나가면서 늘 『토지』의 월선이가 추운 겨울날 흰 명주수건을 목에 두르고 화개장터로 가는 배를 탔던 것을 그려보곤 했다.

—『시인의 밥상』

150

회개

회개라는 성서상의 용어는 원래 히브리어로 '거슬러 올라가다' '물살을 거슬러 올라가다' '악한 것에 대항하다' '자기 자신을 극복하는 데 필요한 조건을 설정하다'라는 어원을 가지고 있다.

예수님이 공생활을 시작하면서 하신 첫 말씀 "회개하라!"는 그러므로 단순한 반성의 차원이 아닌 것이다.

시간의 물살을 거슬러 과거로 올라가면 누구라도 그러하듯이, 나는 침대 머리맡에 앉아 나의 어리석음이 펼쳤던 내 인생의 드라마를 두 눈 똑바로 뜨고 다시 바라보는 형벌을 받았다. 이제 순종이라는 말의 아름다운 의미를 알 만한 나이가 된 나는 무릎을 꿇고 대답했다. 아멘.

—『공지영의 수도원 기행』

151

피할 수 없으면 즐겨라

실은 그녀 자신도 무엇을 기다리고는 있었다. 섬 언니가 베를린으로 떠난 그 여자를 기다렸듯이, 섬이 폭풍이 지나가기를 기다렸듯이, 하지만 기다리는 것이 오지 않는다면, 오지 않아서 실은 무엇을 기다리고 있었는지도 잊어버리고, 그리고 기다리고 있었다는 사실조차도 잊어버리고 나면…… 그러니 피할 수 없다면, 아무리 몸부림쳐도 떠날 수 없다면, 진정 그게 그런 거라면…… 기댈 산맥도 없이, 망망한 바다만 보고 있어야 한다면, 아무리 무성한 나무로 자라도 숲이 될 수 없다면 그렇다면 소 떼에게 쫓기듯이 서두르지 말고 천천히 돌아설 일이었다. 돌아서서 차라리 껴안아버릴 일이다. 피할 수 없으면 즐겨버리는 거야.

—「섬」, 『별들의 들판』

152

진부하지 않다

나이 들어 얻은 선물이 있다면 위대하다는 것이 단순하다는 것을 깨달은 거야. 그중의 하나가 사랑이야. 그걸 진부하다고 하면 안 된다. 너희들이 엄마, 엄마 부르는 소리가 인류가 탄생한 이래 수천만 년 동안 계속되었지만 누구에게든 가슴이 미어지고 절절한 그런 소리였듯이.

—『네가 어떤 삶을 살든 나는 너를 응원할 것이다』

153

루미의
시를 읽었다

사랑 안에서 길을 잃었다.
루미의 시를 읽었다.

"사랑 안에서 길을 잃어라!"

나는 오던 길을 갔다.

—twitter @congjee

154

불면의 밤에도 네게 존재하는 것

위녕, 네가 취직을 하지 못하고 있어도, 네가 비정규직의 줄에 서 있어도, 네게 스펙이 없어도, 네가 혹여 평생 평범 이하의 생활을 하게 할지도 모르는 예술의 길을 갈 수 있을까 고민하는 이 불면의 밤에도 마음의 평화는 그것과는 별개로 네게 존재하는 것이다. 그리고 절대 돈으로 살 수 없는 그 평화는 사실 우리의 남은 생애에서 가장 중요한 것이란다. 눈을 감는 그 순간까지 우리에게 품위를 부여해 줄 그것, 그 평화 말이다.

—『딸에게 주는 레시피』

155

내 맘대로 되는 일 하나도 없다

내 맘대로 되는 일이 하나도 없다.

그래서 순간순간이 재미있다.

—『아주 가벼운 깃털 하나』

156

그의 식사

그의 거짓말은 내 탐욕을 먹고 산다.

—『아주 가벼운 깃털 하나』

157

매춘

어떤 나라에도 사창가는 다 있지만, 이렇게 지식인부터 하층민까지, 정신 이상자부터 정신 멀쩡한 사람들까지 골고루 거길 드나드는 나라가 있나요? 예전에 외국인이 쓴 글을 보고 분개한 적이 있는데, 한국의 룸살롱에 가서 충격을 받았다며 "한국 남자들은 사춘기를 벗어나지 못한 것 같다"고 쓴 거예요. 외국에서도 여성이 접대할 수 있고 콜걸을 부를 수 있는데, 좋으면 전화를 하거나 눈짓을 해서 둘이 나간다는 거예요. 그런데 한국은 나가지도 않고 옆자리에서 사춘기 아이들이 하듯이 이것도 만져보고 저것도 만져보고, 1차적 청소년기에 해야 되는 몸짓들을 한다는 거예요. 그래서 어린아이와 같은 느낌을 받았다고 하는데…….

제가 계속 매매춘을 반대하는 이유는 우리가 돈을 내고 모든 것을 사는 사회에 살고 있지만, 돈을 내고 절대로 사서는 안 되는 게 사람의 생명에 관련된 것이거든요. 장기 매매도 금지되어 있잖아요. 그건 마지막 윤리잖아요. 그런데 돈을 냈다는 이유만으로 그 시간 동안 다른 사람의 몸을 맘대로 할 수 있다는 것은, 나는 이처럼 파렴치한 범죄는 없다고 생각해요.

—『괜찮다, 다 괜찮다』

158

왜 싸우냐, 고 물으면

아이를 키우다보면 늘 골치가 아픈 것이 지네들끼리 싸움을 할 때다. "왜 싸웠느냐"고 묻는 것 자체가 부질없는 일이었기 때문이었다. 말을 할 줄 아는 아이를 한 명이라도 하루 이상 키워본 사람은 알 것이다. "왜 싸우느냐?"라는 질문에 전 세계 아이들이 하는 대답은? 그건 "나는 가만있는데 재가 먼저 그래서"이다.

—『아주 가벼운 깃털 하나』

159

상처처럼 터진 빨간 석류알

죽고 싶었지만 신기하게도 진짜로 죽으려는 생각은 하지 않았어요. 이상하게 운명에 대한 대결 같은 거. 그것은 맞서는 대결이 아니라 한번 껴안아보려는 그런 대결이었는데, 말하자면 풍랑을 당한 배가 그 풍랑을 이기고 가는 유일한 방법은 그 풍랑을 타고 넘어가는 것 같은 그런 종류의 대결…… 내게 이것을 가르쳐준 것은 글이었는데 글은 모든 사람의 가슴에서 넘치다가 엎질러져 나오는 것이고 그렇게 엎질러져 나온 글들은 상처처럼 빨간 속살에서 터져 나온 석류알처럼 우리를 기르고 구원하니까요.

—「맨발로 글목을 돌다」, 『할머니는 죽지 않는다』

160

질문을 가진 사람만이 살아 있다

그러니 민감해지렴. 아직은 습기가 없는 바람에 후두두 날리는 나뭇잎의 소리를 들어보렴. 울타리에 핀 장미의 그 수많은 가지가지 붉은 빛을 느껴보렴. 그들은 뻗어 오르는 생명으로 가득 차 있을 거야. 마치 너의 젊음처럼. 그러면 그 나뭇잎이 바람과 만나는 소리 속에서, 장미가 제 생명을 붉게 표현하는 그 속에서 너는 어쩌면 삶을 한 계단 오를 수도 있을 거야. 너는 무언가에 대해 질문을 가지게 될 것이고 질문을 가진 사람만이 살아 있는 것이다.

—『네가 어떤 삶을 살든 나는 너를 응원할 것이다』

161

죽을 각오로 뛰어들 때만이

이곳은 살자리가 아니었던 것이다. 살자리인 줄 알고 도망친 곳이 죽을 자리였고, 죽겠다고 도망친 곳이 때로는 살자리였다. 그러나 나는 오직 그 사실을 알 뿐, 그것의 법칙은 알지 못했다. 다만 살기 위해 죽을 자리로 도망치는 것이 아니라, 진심으로 죽을 각오로 뛰어들 때만이 그것이 아주 가끔 살자리가 된다는 것은 알고 있었다.

—「월춘 장구(越春裝具)」, 『할머니는 죽지 않는다』

162

창문을 만드는 이유

그리워서 창문을 만드는 거예요. 대문처럼 크게 만들면 누가 들어오니까 작게, 또 대문처럼 크게 만들면 자신이 못 견디고 아무나 만나러 나갈까 봐 작게, 그렇게 창문을 만드는 거예요. 엿보려고 말이지요. 몸으로 만나지는 말고 그저 눈으로 저기 사람이 사는구나…… 그림자라도 서로 만나려고…… 아니 그림자만 얽히려고, 그래야 아프지 않으니까. 그림자는 상처받지 않으니까.

—『착한 여자』

163

삶의 환절기 같은 밤

나는 풀벌레가 길게 우는 소리를 들었다. 나는 가을이 깊어가고 있다는 것을 깨달았고 그 순간 우주 전체가 기우뚱하고 아주 미세하게 움직였다는 것을 알 수 있었다. 내 깊은 곳에서부터 무언가가 변하고 있고 변하려 하고 있었기 때문이었을 것이다. 모든 변화가 그렇듯 내 속에서도 변화하지 않으려는 것들과 변화하고자 하는 것들이 싸우면서 마찰하고 있었다. 상처들이 욱신거리면서 아파왔다. 나는 내 영혼이 높은 온도로 앓고 있음을 느꼈다. 이 밤이 지나고 나면, 그것이 무엇인지 모르지만 무언가 중대한 것이 내게 다가올 것 같은 예감이 들었다. 어쩌면 삶의 환절기 같은 밤이었다.

—『높고 푸른 사다리』

164

인생의 처음 한 시간

그래요, 나는 아마도 이 시간들을 기억하게 될 것입니다. 비로소, 태어나서 처음으로 비로소 혼자 있는 이 시간, 누구의 시선, 누구에 대한 기다림, 누구와의 끈도 없이 이토록 온전히 혼자였던 지금 이 시간……. 내가 사랑이라고 이름 불러주었던 집착으로부터도 이제 나는 떠납니다. 끝이라고 믿어왔던 그 수많은 모퉁이들을 돌아 앞으로 걸어갑니다. 글쎄요, 나는 감히 예감했습니다. 아마도 먼 훗날 이날을 기억하며 글을 쓰리라……. 그것은 내 인생의 새로운 장을 열었던 하나의 봉우리 같은 시간이었다고.

이 세상에 발을 디딘 지 33년 4개월이 지나고서 처음으로 나는 내 인생의 한 시간을 시작합니다.

—『상처 없는 영혼』

165

노력만으로 안 되는 것

라마승은 다시 말하곤 했지요. "내가 그것을 원하면 그것은 내 것이다. 내가 그것을 너에게 주었다가 마음이 변하면 그것은 내 것이다. 내가 그것을 네게서 빼앗을 수 있다면 그것은 내 것이다. 내가 잠시 전에 무엇을 가졌었다면 그것은 내 것이다, 라는 두 살배기의 집착에서 벗어나십시오" 하고.

젊은 날, 저는 노력하면 모든 것을 얻을 수 있다고 믿었던 바보였습니다.

그러나 J, 한 가지 몰랐던 게 있습니다. 사람은 노력만으로 되지 않는다는 것을. 그렇습니다. 사람 말입니다. 마음이기도 하고 사랑이기도 한 그 말.

저는 많은 책을 읽었습니다만, 그리하여 슬퍼지고 말았습니다.

—『빗방울처럼 나는 혼자였다』

166

운명

운명이라는 것에 대해 생각했습니다. 왜 착한 사람들에게만 저런 일들이 일어나는지 나는 그것이 알고 싶다고 생각했었습니다. 그런데 이제 H를 만나고 나는 어렴풋이 알게 되었습니다. 착한 사람들에게만 그런 일들이 일어나는 이유는 그들만이, 선의를 가진 그들만이 자신에 대한 진정한 긍지로 운명을 해석할 수 있기 때문이라는 걸 말이지요.

—「맨발로 글목을 돌다」, 『할머니는 죽지 않는다』

167

아직까지
잘 참아내고 있는 것은

아직까지 잘 참아내고 있는 것은 내 가슴
깊은 곳에서 아직도 떨리고 있는 그 마지막
현(絃) 때문이다.
모두가 떠나버린 이곳에 혼자 남은 외로움이
이 눅눅한 습기 속으로 흩어지지만은 않을 거라는 생각.
동구권은 무너져도 노동운동은
계속되어야 한다는 믿음.
내 외로움 속에 혼자 주저앉지는 말고 더 고달픈
이들에게 먼 선율이라도 들려주기 위해 애써야지.

—『고등어』

168

복잡한 죽음

내가 표현에 이렇게 신경을 쓰는 데에는 퍽이나도 복잡한 이유가 있다. 그러니까 우리 할머니가 6개월째 죽어가고 있는 것이다.

—「할머니는 죽지 않는다」, 『할머니는 죽지 않는다』

169

처음

'처음'이라는 단어의 신성함을 나는 아직도 좋아한다. 공동번역 신약 성서도 '한 처음에'라는 단어로 시작한다. 한때 불교 공부를 하다가 초발심자경문을 보고 한참을 멍청하게 있었던 생각도 났다.

예를 받는 부처님이나 예를 하는 그대 자신이나 모두 참된 성품의 연기법(緣起法)으로부터 시작되었다. 몸과 마음으로 그것을 감응하라. 진리는 그대의 그림자와 메아리이다.

몸과 마음으로 우주에 감응한다…… 그것이 진리임을 안 순간, 진리는 그대의 그림자이고 메아리임을 알게 된다.

—『공지영의 수도원 기행』

170

베스트셀러

모든 명작은 베스트셀러였어요. 베스트셀러가 꼭 명작이 되는 것은 아니지만, 모든 명작은 베스트셀러였어요. 그건 뭐냐 하면, 그 시대 사람들과 함께 호흡했다는 것이고, 그게 어떤 의미든 호응을 이끌어 냈다는 건데요. 그것은 일종의 시대상을 반영하는 것이고, 그런 의미에서 중요하다고 생각해요.

—『괜찮다, 다 괜찮다』

171

불행한 것은 게으름 때문이다

누군가 그런 말을 했습니다. 어떤 사람이 불행한 것은 바로 게으름 때문이라고요. 진실과 마주 서지 않으려는 회피, 정직하게 거울을 들여다보고 자신의 이마와 자신의 코와 자신의 입술을 정면으로 바라보려 하지 않는 게으름이 바로 더 큰 불행을 초래한다고 말입니다.

—『상처 없는 영혼』

172

생각의 서열

요즘 제일 먼저 생각하는 것은 '내가 할 수 있는가, 할 수 없는가' 하는 것이고, 그다음에 나에게 좋은가, 나쁜가를 생각해요.

―『괜찮다, 다 괜찮다』

173

우리를
불편하게 하는 것

삶이든 감정이든 한 가지 혈액형일 때 우리는 편안함을 느낀다. 그게 옳든 그르든 악당은 악하고 반항아는 반항적인 것이 편안한 상태인 것이다.

—『우리들의 행복한 시간』

174

누구나
사랑받기 원한다

결국 그들이 사형수이든 작가이든 어린아이이든 판사이든, 인간에게는 누구나 공통된 것이 하나 있는데 그것은 누구나 사랑받고 싶어 하고 인정받고 싶어 하며 실은, 다정한 사람과 사랑을 나누고 싶어 한다는 것, 그 이외의 것은 모두가 분노로 뒤틀린 소음에 불과하다는 것, 그게 진짜라는 것.

—『우리들의 행복한 시간』

175

사랑은
사라지지 않는다

"사랑은 가시지 않아요. 사랑은 가실 줄을 모르는 거니까."

슬픔도 희석되고 실은 아픔도 아팠다는 사실만 남고 잘 기억되지 않지만, 사랑은 남아 있다는 것을 나는 이제 안다. 사랑은 사라지지 않는다는 것을. 젊음아 거기 남아 있어라, 하고 어느 시인이 노래했듯이 나는 그렇게 말하고 싶었다. 사랑아, 언제까지나 거기 남아 있어라.

—『높고 푸른 사다리』

176

눈물이 하찮은 것이 아니므로

오랫동안 나는 고독했고 고통스러웠다. 하지만 그러한 시간들은 내게 눈물이 결코 하찮은 것이 아니라는 것을 가르쳐주었다. 고통은 나를 고립시키기 위해서가 아니라 세상의 모든 상처들과 내가 하나라는 것을 깨닫게 해주는 축복이라는 것도 알게 되었다. '말'은 치유와 창조만을 위해 쓰도록 만들어진 것이라는 사실도 받아들였다. 나는 이제 어리석은 사람들을 미워하지 않는다. 그건 내가 어리석은 나를 더 이상 미워하지 않게 되었기 때문이다.

—『괜찮다, 다 괜찮다』

177

에로틱

에로틱이라는 것이 결코 육체의 문제가 아니라는 것을. 오르가슴은 육체로 시작해서 정신의 황홀을 합일시키는 것이고 수도라는 것은 정신을 통해 육체를 초월하고 그리하며 마침내 육체의 긍정조차 이끌어내는 것이 아닐까. 섹스라는 것은 하느님이 맨 처음 아담의 갈비뼈로부터 하와를 만들었을 때 하느님 앞에서 부끄러움 없이 둘이 행했던 사랑의 행위였다. 하느님은, 둘이 알몸으로 부둥켜안는 것을 보시고 "자식을 낳고 번성하라"고 기뻐하며 축복해주셨다. 그런데 섹스는 남자와 여자의 성기에 갇힌 채로, 이제 갈비뼈 한 대의 인연도 없이 유리 진열장에 서서, 몇 푼에 사고 팔리고 있었다.

그리스어로 '시(詩)'와 피조물이라는 뜻의 '사람'의 어원은 같다. 둘 다 'poiesis'인 것이다. 내 작품 중 하나를, 설사 그것이 아무리 객관적으로 못 만든 것이고 내 생각에도 마음에 들지 않아도 누군가 모욕했을 때의 분노를 나는 안다. 그것은 그 글을 쓴 나에 대한 모독이니까. 그러니 신의 시(詩)인 사람을 사람이 모욕했을 때 우리가 신을 모독하고 있는 것은 너무도 당연한 일 아닐까. 그러니 예수님이 "너희가 가장 작은 이에게 해준 것이 곧 나에게 해준 것"이라고 하신 것은 혹여 아닐까.

—『공지영의 수도원 기행』

178

산사에 가고 싶다

산사에 가고 싶다. 처마와 처마 사이 휑뎅그렁한 여백, 그 사이로 그냥 혼자 있는 푸른 하늘과 산을 보고 싶다고. 언젠가 해인사에서 묵었을 때의 새벽 예불이 그때 하필이면 떠올랐다.

안개 자욱한 산기슭 새벽안개를 가르며 들리던 목탁소리…… 남자들의 목소리가 얼마나 아름다운지 나는 그때 금강경을 외는 스님들을 보며 처음 알았다.

—『공지영의 수도원 기행』

179

내가 두려워하는 것

도스토예프스키였던가요, "내가 두려워하는 것은 오직 한 가지, 나의 고통이 가치를 상실하는 것뿐이다"라고 말했던 이가.

J, 저의 두려움도 하나입니다. 나의 고통이 나를 무디어지게 만드는 것, 다 그런 거라고 쉽게 말해버리게 하는 것, 이 세상에 사랑은 없다고 자신 있게 말해버리게 하는 것.

—『빗방울처럼 나는 혼자였다』

180

섬

파도가 아무리 할퀴어도 그 자리에 있어야 하는 섬에게 한때는 달빛 찬란한 기억도 있었을 것이다. 산맥보다 깊이, 보이지 않게 깊이 심연으로 뿌리내린 섬에, 따뜻한 은파가 부드럽게 섬을 간질이던 그런 날들도 있었을 것이다. 그랬을까? 자주 자기를 상처 입히는 바다에 둘러싸인 섬. 헤엄쳐 도망갈 수도 없고 그 폭풍 속으로 가라앉을 수도 없는 섬.

—「섬」, 『별들의 들판』

181

그, 이후

나는 세간의 어떤 비난도 그래서 그냥 받아들이게 되었다. 나를 이해해달라고 눈물 어린 눈으로 호소하고 싶지도 않았다. 내게는 아직도 내가 보호하고 양육해야 할 세 아이들이 있고, 그 아이들을 데리고 갈 길이 아직 멀기에 내게는 용기가 필요했다. 누군가 말했다. 용기란 두려움이 없는 것이 아니라, 두렵지만 그보다 더 소중한 것이 있음을 아는 것이라고. 내게 일어난 가장 큰 변화는 아마도 이것이었는데 나는 내 모든 이런 운명들을 처음으로, 담담히 받아들이게 된 것이었다. 이런 일이 아니었다면 쏟아지는 비난과 원색적 경멸이 난무하는 리플들 속에서 나는 아마도 심하게 휘청거렸을지도 모르겠다. 그러나 나는 엄마였고, 엄마로서 두 발을 단단히 땅에 딛고 서 있어야 했다.

—『즐거운 나의 집』

182

나는 아빠를 아프게 하고 싶어

"언제나 이런 식이었어! 내 감정 따위는 안중에도 없었어. 나 빼고 다른 사람들, 어른들, 독자들! 이런 사람들이 더 중요했어. 그러면서 마치 아이들을 이해하는 듯 이런 동화를 쓰는 아빠가 나는 정말 싫어! 나는 아직 어른이 아니야. 나는 아빠를 아프게 하고 싶어. 내가 아팠던 만큼 아프게 하고 싶어. 그럴 수 있는 방법이 있다면 나를 아프게 해서라도 그렇게 하고 싶어! 내가 얼마나 아팠는지 그걸 알 때까지 그러고 싶어!"

"나는 차라리 아빠가 그 모든 것을 아빠를 위해서 했다고 했다면 이해했을 거야. 하지만 아빠는 나를 위해서라고 말했어. 나는 그 모든 것이 너무나도 혼란스러웠어."

―『즐거운 나의 집』

183

체 게바라, 그는

J, '체 게바라'라는 이름을 들으면 저는 아직도 목이 멥니다. 대체 오래전 죽은 한 실패한 혁명가가 왜 사람들을 이렇게 열광시키고 있는지 모른다고 말하는 사람들이 진짜 모르는 것이 있습니다. 그의 일생을 담은 책을, 소심하게 취직 시험이나 준비하고 겨우겨우 오늘 하루를 조금 더 이익 남길 궁리나 하는 인간들이 왜 그렇게 끼고 다니며 읽는지.

"당신은 당신을 파멸시키는 이 사회에 얼마나 기여하고 있는지 아직 깨닫지 못하고 있다"고 우리에게 일갈하는 그는 누구입니까. 우리에게 그는 미완의 혁명가, 실패한 전사, 그러나 그렇게 죽어서 별이 된 사람, 도달할 수 없는 유토피아를 확인시킨 사람. 그러나 그것에 헌신할 때 인간은 이미 유토피아를 획득하고는 죽어서도 영원히 사는 법을 우리에게 말하고 있기 때문일 것입니다.

—『빗방울처럼 나는 혼자였다』

184

금빛 열쇠를 줄게

생각해보면, 혁명의 환상이 깨어지던 순간부터, 혁명보다 지독한 일상이 우리에게 밀려들기 시작했다.

돌이켜 생각해보면, 네 아빠는 엄마를 사랑했었단다. 네 외할아버지도 엄마를 사랑했었지. 몹시도 사랑했단다. 하지만 자신들이 옳다고 생각하는 방식으로 그랬던 거야. 다른 것이 틀린 것이라고 믿었던 거야. 성모마리아가 존경을 받는 이유는 그녀가 구세주를 낳았기 때문이 아니란 걸 엄마는 그제야 깨달아버렸다. 달빛 아래서 엄마는 거실 바닥에 엎디었지. 그녀가 존경을 받는 이유는 그녀가 그 아들을 죽음에 이르도록 그냥, 놔두었다는 거라는 걸, 알게 된 거야. 모성의 완성은 품었던 자식을 보내주는 데 있다는 것을. 그리고 그 거실에 엎디어서 엄마는 깨달았다. 이 고통스러운 순간이 은총이라는 것을 말이야.

사랑하는 딸, 너의 길을 가거라. 엄마는 여기 남아 있을게. 너의 스물은 엄마의 스물과 다르고 달라야 하겠지. 엄마의 기도를 믿고 앞으로 가거라. 고통이 너의 스승이라는 것을 잊지 마라. 네 앞에 있는 많은 시간의 결들을 촘촘히 살아내라. 그리고 엄마의 사랑으로 너에게 금빛 열쇠를 줄게. 그것으로 세상을 열어라. 오직 너만의 세상을.

—『즐거운 나의 집』

185

시간에게
널 맡겨봐

이 거대한 유기체인 자연조차 제 길을 못 찾아 헤매는데, 하물며 아주 작은 유기체 인간인 네가 지금 길을 잃은 것 같다고 해서 너무 힘들어 하지는 마. 가끔은 하늘도 마음을 못 잡고 비가 오다 개다 우박 뿌리다가 하며 몸부림치는데 네 작은 심장이 속수무책으로 흔들린다 해도 괴로워하지 마. 그냥 시간에게 널 맡겨봐. 그리고 너 자신을 들여다봐. 약간은 구경하는 기분으로 말이야. 적어도 시간은 우리에게 늘 정직한 친구니까. 네 방에 불을 켜듯 네 마음에 불을 하나 켜고……. 이제 너를 믿어봐. 그리고 언제나 네 곁에 있는 이 든든한 친구도.

—『사랑 후에 오는 것들』

186

네 죄가 무엇이든
그게 다는 아닌 거야

그럴 리 없겠지만 혹여 네가 너 자신을 미워하는 사람이라면 그런 너를 위해 예수님이 오신 거야. 너 자신을 사랑하라고, 네가 얼마나 귀중한 사람인지 알려주시려고. 혹여 네가 앞으로 누군가에게 따뜻함을 느낀다면, 혹시 네가 이런 게 사랑받는 거로구나, 하고 느낀다면 그건 하느님이 보내주신 천사라고 생각했으면 하는 거야…… 오늘 널 처음 보지만 나는 안다. 넌 마음이 따뜻한 녀석이야. 네 죄가 무엇이든 간에 그게 전부 다 너는 아닌 거야!

—『우리들의 행복한 시간』

187

사랑은
높고 고독한 독거입니다

(릴케의 『젊은 시인에게 보내는 편지』에는 이런 말이 있습니다.) 인간이 인간을 사랑한다는 것, 그것은 우리에게 부과된 가장 어렵고 궁극적인 것이며 최후의 시련이요, 다른 모든 일이란 실로 그 준비에 불과합니다. 사랑하는 일이란 한결 높고 고독한 독거(獨居)입니다.

나는 성경보다 더 자주 이 말을 생각합니다.

—『빗방울처럼 나는 혼자였다』

188

머리와
가슴 사이

예전의 우리에겐 목숨처럼 소중하던 것이 요즘 아이들에게는 팝콘보다 중요하지 않고, 예전의 우리가 억제했던 것들이 요즘 아이들에게는 권장되어 마땅한 것들이 되기도 한다는 것을. 산다는 것은 피타고라스의 정리처럼 목에 칼이 들어와도 그러면 그렇게 되는, 그런 것은 아닐 것이다. 완벽한 삼각형, 완벽한 평행사변형은 어쨌든 수학책에서나 존재하는 것이다. 우리가 그저 그것을 삼각형, 사각형, 혹은 평행사변형이라고 믿을 뿐.

—「길」, 『존재는 눈물을 흘린다』

189

모든 것이 은총이었습니다

J, 저를 위해 슬퍼하지 말아주세요. 신이 저를 사랑하시고 제가 진실에 가까이 근접하기를 원하셨다면 고만고만한 행복에 제가 머무르도록 허락하셨을 리가 없다고 생각했습니다. 왜냐하면 우리 모두가 완전을 향해 나아가고자 할 때, 불완전만큼 더 큰 동력은 없기 때문입니다.

J, 이렇게 말해도 된다면 말하고 싶습니다. 모든 것이 은총이었습니다.

—『빗방울처럼 나는 혼자였다』

190

선한 싸움

우리가 모두 그냥 자주 잘못에 빠지는 인간임을 인정하는 것. 인간은 긍휼의 대상일 뿐이라는 것.

—『해리』

191

나하고 결혼해주세요

나 생각했어요. 나 당신의 아이를 낳고 싶어요. 당신의 아이를 키우고 찌개를 끓이고 새우를 튀기고 그리고 거품을 잔뜩 낸 부드러운 수건으로 당신 등을 밀어주고 싶어졌어요. 매일매일 아침에 일어나서 당신 얼굴을 보고 밤에 잘 때 당신 얼굴을 보고 아무도 명우 씨를 감히 내 사람이라고 말하지 못하게. 나하고 결혼해주세요.

—『고등어』

192

결혼

결혼은 사랑하는 사람과 하는 게 아니야. 그건 지옥으로 들어가는 거지. 결혼은 좋은 사람하고 하는 거야.

—『사랑 후에 오는 것들』

193

사연 없는
불행이 있을까

나는 다시 꼭지가 돌게 술을 마시기 시작했다. 그 여자 때문은 아니었다. 불쌍한 사람은, 가련한 희생자들은 거리마다 차고 넘쳤다. 사연 없는 불행이 있을까, 억울하지 않았던 슬픔이 있을까, 가련하다는 것은 이미 정의로부터 배반당했던 경험을 말하는 것이다.

—『우리들의 행복한 시간』

194

축복

홍이야,

나이가 들면

자신이 바라던 일이

이루어지지 않는 것이

때로는

축복이었다는 것을

알게 된단다.

—『사랑 후에 오는 것들』

195

시간의 주인이 되어라

이 시간의 주인이 되어라. 네가 자신에게 선의와 긍지를 가지고 있다면 궁극적으로 너를 아프게 할 사람은 아무도 없다. 네 성적이 어떻든, 네 성격이 어떻든, 네 체중이 어떻든 너는 이 시간의 주인이고 우주에서 가장 귀한 사람이라는 생명이다.

—『네가 어떤 삶을 살든 나는 너를 응원할 것이다』

196

실용적인
복수

복수가 나쁜 건지 어떤지는 모르겠는데, 분명한 건 복수는 아무것도 해결해주지 않는 것 같아요. 인류 역사에서 모든 성인들, 성녀들과 훌륭한 분들이 악으로 악을 갚지 말라고 했잖아요. 해보니까, 그게 안 되니까, 그런 거잖아요. 저는 이것이야말로 실용이라고 생각해요.

—『괜찮다, 다 괜찮다』

197

그래서 살 수 있었어요

그 말 알아요? 아우슈비츠에서 자살한 사람보다 지금 도쿄에서 자살하는 사람이 훨씬 더 많다는 것. 그런데 어떻게 살았느냐? 희망을 버리니까 살았죠. 아이들이 태어났고 저 아이들을 위해서 살자, 일본에 돌아갈 꿈을 포기하자⋯⋯ 아니 희망을 버린 것이 아니라 운명이 내 맘대로 내가 원래 계획했던 대로 돼야 한다는 집착을 버린 거죠. 그래서 살 수 있었어요.

—「맨발로 글목을 돌다」, 『할머니는 죽지 않는다』

198

변하니까

말할 시간은 많을 거야. 그러다 보면 그 말을 하는 동안, 네가 말하는 그 감정이라는 것도 변해가. 네가 무슨 말을 하려고 했는지도 잊어버리고, 네가 왜 그 말을 하려고 했는지도 모르게 되고. 감정은 변하는 거니까. 그건 고마운 거야. 변하니까 우린 사는 거야.

—『사랑 후에 오는 것들』

199

숯불처럼 자글거리고 있는 빨간 상처

랭보의 말이 아니더라도 누구든 한 인간의 가슴속을 열어보면 우리는 숯불처럼 아직도 거기서 자글거리고 있는 그 빨간 상처들을 만나게 된단다.

—『상처 없는 영혼』

200

책은 즐거운 것

일단 책은 읽는 것이 즐거워야 해요. 유태인들이 아이에게 알파벳을 가르칠 때, 엄마가 식탁 같은 데다가 꿀로 A, B, C를 쓴대요. 그러면 애가 그걸 따라 쓴 다음 그 꿀을 먹는 거예요. 그게 아주 어렸을 때 이루어지니까, 말하자면 그 아이의 뇌리 깊숙한 곳에 문자라는 것은 달콤한 것이라는 감각이 진하게 각인되는 거죠. 제일 중요한 건 책은 즐거운 것이라는 생각을 심어주는 거죠.

—『괜찮다, 다 괜찮다』

201

어찌할 수 없는 삶의 영역

하기는 곤달걀뿐인가, 다리 다친 부엉이도 있었고, 알을 더 이상 못 낳는다고 양계장에서 폐기처분된 닭을 데려다가 키워서 달걀을 한 광주리도 더 얻은 일도 있었다. 이웃들은 화초가 죽어가면 순례에게 가져왔다. 같은 물을 주고 같은 햇볕을 받는데 이상하게 순례에게 오면 죽어가는 것들은 새로운 삶을 얻어 태어났다. 지수 엄마 참 희한한 사람이야, 라고 사람들은 말하곤 했다. 그러나 그 순례도 남편은 살리지 못했다. 남편이 죽을 무렵 병으로 쓰러져가던 젖소들도 살리지 못했고, 아이들 얼굴에서 사라져가던 밝은 빛도 살려내지 못했고, 그래서 결정적으로, 자꾸만 무너져 내리던 그녀의 나날들은 하나도 살려낼 수 없었다. 그건 그녀가 어찌해볼 수 있는 영역이 아니었다.

—「부활 무렵」, 『할머니는 죽지 않는다』

202

당신이 누군가를 미워한다면

당신이 어떤 사람을 미워한다면 그 사람 안에 있는 당신의 한 부분을 미워하는 것이라고 한다. 우리 자신 안에 있는 것이 아니라면 결코 우리를 불편하게 하지 않는다고.

—『봉순이 언니』

203

불행한 작가들

모든 작가들의 삶은 파란만장하다. 설사 그들이 외면적으로 아무 일도 없는 듯한 삶을 살았다 해도 그래. 그 내부에서 이는 해일과 번개가 없었다면 그 긴 언어들을 줄줄이 꿰어야만 하는 밤들을 어떤 에너지로 태울 수 있었겠니?

―『네가 어떤 삶을 살든 나는 너를 응원할 것이다』

204

그래서 나는 도시를 떠났다

나는 그 모퉁이에 앉아 누군가 해놓은 낙서를 읽었다.

"바람도 아닌 것에 흔들리고 뒤척이기 싫어 나는 도시를 떠났다."

—『공지영의 지리산 행복학교』

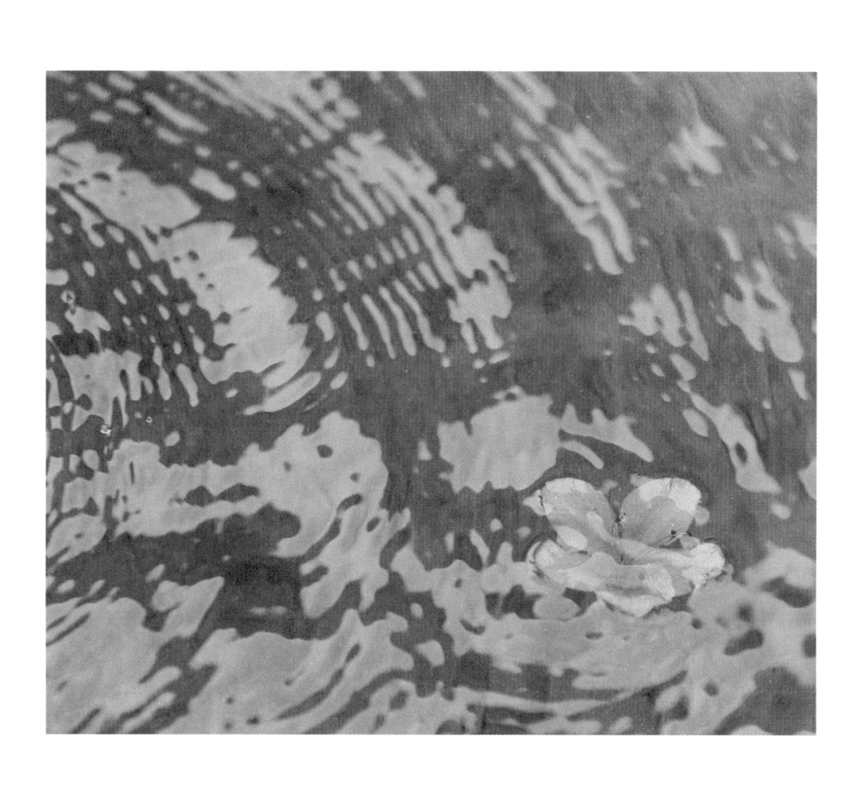

205

마르크스를 아십니까?

난 지구의 절반을 지배하는 이데올로기를 창시한 마르크스라는 사람이 바보 같은 게 그렇게 매력 있었어. 도무지 쓸데없는 짓을 했잖아. 자신들이 노동자도 아니면서 노동자들이 왜 저렇게 비참한지를 연구하다니. 그런 점이 나랑 통할 것만 같았던 거야. 고민하지 않아도 되는 걸 고민하는 게 맘에 들었단 말이야. 사는 건 그런 거라고. 어차피 고통스러운 거라고 돈 많은 엥겔스를 만나서 묵은 포도주를 마시고 그리스 고전을 논하고, 그 문장의 유려함에 대해서 서로 현학을 겨루기만 했대도 충분히 재미있었을 거 아냐? 충분히 책도 여러 권 쓸 수 있었을 거고 인기도 있었을 거야.

그런데…… 그들은 마치 예수처럼 말이야. 그들도 바보 같았던 거야. 그러니까 만일 예수라는 사람이 십자가에서 죽어가는 마지막 순간에, 하느님 어찌하여 날 버리시나이까 하고 울부짖던 말이 아니었다면, 버림을 받고 있으면서 왜 버리느냐고 울부짖었던 바보 같은 그 말이 아니었다면, 그러니까 그건 정말 그때까지는 버리지 않을 거라고 굳게 믿고 있었다는 말도 되니까. 내가 그를 위선자는 아니었을까 의심할 뻔했던 것처럼 말이야.

—『고등어』

206

영원한 사랑

너무 많은 걸 바랐나 봐. 감히 영원 같은 걸 갖고 싶었나 봐. 변하지 않는 거 말이야. 단단하고 중심이 잡혀 있고 반짝반짝 빛나고 한참 있다 돌아와도 언제나 같은 자리에서 두 팔을 벌려주는 그런 사랑. 변하지 않는 사랑…… 같은 거. 처음 만나 물었거든, 변하지 않는 사랑을 믿느냐고. 어딘가에 그런 게 있다고 그 사람이 대답했어. 어딘가라고 말했는데 그게 그 사람 속에 있는 줄 알았던 거야.

—『사랑 후에 오는 것들』

207

사랑은 어려운 일

사랑은 어려운 일. 네 나이 때는 사랑을 가끔 육체가 주는 달콤한 매력과도 혼동할 수 있지. 그러나 사랑은 우리가 살아 있는 동안 할 수 있는 최상의 일이란다. 서두르지 말아라. 다만 언젠가 사랑이 왔을 때 덤벼들어 그것을 망치지 않도록 언제나 너 자신의 성숙을 염두에 두렴.

—『네가 어떤 삶을 살든 나는 너를 응원할 것이다』

208

취미

나 같은 사람은 책 읽는 것 외에 거의 취미가 없으니 나하고 책만 있으면 그런대로 행복하고 산책을 즐기는 사람은 길하고 나하고만 있으면 좋을 것이다. 그런데 바둑을 두려면 나 빼고 다른 사람 한 명, 골프를 하려면 최소한 세 명이 더 동의해야 하고 이게 농구나 야구, 축구 등으로 가면 문제가 더 복잡해져서 수많은 사람이 시간과 장소를 맞추어야 한다. 내 친한 친구는 축구를 유일한 취미로 가지고 있는데 한 번 그 취미를 즐기기 위해 얼마나 고생을 하는지 모른다. 최소한 스물두 명이 있어야 하니까 말이다. 만약 내가 매스게임이나 강강술래 같은 것을 좋아했다면 정말 인생이 힘들었을 것 같다.

—『공지영의 지리산 행복학교』

209

비워내는 것

무엇을 쓴다는 사람들, 새로운 걸 만들어내야 하는 사람들, 그들에게는 이것이 필요하다. 나조차도 애타게 그렇다. 비워내는 것 말이다.

—『시인의 밥상』

210

공부에 대하여

모두가 다 같이 공부를 잘할 수는 없어. 그 재능을 가진 게 꼭 내 아이들이어야 한다는 헛된 희망도 버렸어. 왜냐면 왜 너희가 공부를 잘해야 한다고 생각하나, 나 자신에게 묻고 또 물었거든. 묻고 또 물었더니 맨 마지막에 말이야 어이없게도, 너희가 공부를 잘하면 내가 좋을 거 같았어. 너희가 아니라 내가 말이야. 너희가 공부 잘해서 남들이 보기에 좋은 대학에 가면, 그러면 그때 엄마가 그 사람들에게 고개를 들고 거 봐, 할 거 같았어……. 엄마 마음속에 말이야. 그런 게 아주 많이 있더라구.

너희에게 행복해지는 방법을 가르쳐주고 싶었어. 그게 공부를 잘해서 얻을 수만 있는 거라면, 공부를 시켜야지. 그런데 아니잖아. 그게 돈을 많이 벌어서 가질 수 있는 거라면, 그래야지. 그런데 아니잖아. 그 모든 것일 수도 있지만 그 모든 것이 아닐 수도 있더란 말이지.

—『즐거운 나의 집』

211

열정

중요한 문제들은 결국 언제나 전 생애로 대답한다네.

그동안에 무슨 말을 하고

어떤 원칙이나 말을 내세워 변명하고,

이런 것들이 과연 중요할까?

결국 모든 것의 끝에 가면,

세상이 끈질기게 던지는 질문에

전 생애로 대답하는 법이네.

너는 누구냐? 너는 진정 무엇을 원했느냐?

너는 진정 무엇을 할 수 있었느냐?

—산도르 마라이의 『열정』 중에서

—『빗방울처럼 나는 혼자였다』

212

단 하나의 사람

내 존재 깊은 곳을 떨게 했던 이 지상에 존재하는 단 하나의 사람. 그때 내 처지가 어떨지, 혹은 그를 향한 자세가 어떨지 그것은 알 수 없지만 한번 심어진 사랑의 구근은 아무리 많은 세월이 지나도 죽지 않고 다시 일어나 조그만 싹을 내밀 것이다. 그런 구근의 싹을 틔우는 사람이, 먼 하늘 너머 있다는 것이 꼭 나쁜 일은 아닌 것 같았다. 사랑한다고 해서 꼭 그를 곁에 두고 있어야 하는 것이 아니라는 것도 느껴졌다. 옷자락을 붙들고 가지 말라고 해서 갈 것들이, 그게 설사 내 마음이라고 해도, 가지 않는 일이 없다는 것을 나는 알게 되었기 때문이다.

만나면 안 된다고 천 번의 밤 동안 결심한다고 한들, 만날 것들이 만나지 않는 일은 없다는 것을 나는 이 우연한 재회를 통해 알게 되었기 때문이다. 나는 내 모든 꿈과 열망들을 먼 하늘에 풀어놓고 싶었다. 그리고 그것들이 구름이 되고 소나기가 되고 부신 햇살이 되어 내게로 다시 올 때까지 생을 물끄러미 바라보며 있고 싶었다. 그리고 그것이 어떤 것이든 그날이 올 때까지 내가 할 수 있는 일만 하고 싶었다. 그러니 이제 나는 또 하루를 시작해야 했다. 이를 닦고 샤워를 하고 커피를 끓여 아침을 먹고 호숫가로 나아가 달려야 할 것이다.

—『사랑 후에 오는 것들』

213

열망이
두려움을 넘어서는 순간

그는 회사에 사표를 내고 기차를 탔다.
"꿈을 이루고 싶은 열망이 이 모든 새로운 시작에 대한
두려움을 넘어서는 순간"이었다.

—『공지영의 지리산 행복학교』

214

삶은
우리보다 더 현명하다

삶은 엄마보다 멀리 보았고 엄마보다 엄마를 잘 알았는지도 몰라. 거기서 삶은 나를 멈추게 했고 고통스럽게 했고, 하는 수 없이 나 자신에게 어려운 질문을 던지게 했고 그리고 끝내는 인생의 궤도를 바꾸어버렸어.

위녕, 엄마는 네가 무엇이 될까라는 생각보다, 어떤 사람이 되어 어떤 생을 살 것인가를 먼저 생각하는 그런 젊은 날을 가지기를 바란다.

—『네가 어떤 삶을 살든 나는 너를 응원할 것이다』

215

세상은 이토록,

세상은 이토록, 이라고 부를 수 있는 사랑을 해보지 않은 사람과, 그런 것들을 기꺼이 버텨낸 사람으로 한 번 더 나누어질 수 있지 않을까, 그런 생각도 들었습니다. 아이든 이성이든 가여운 이들이든 혹은 강아지든, 사람은 사랑 없이 살아가서는 안 된다는 것을 깨달았지요. 사랑하지 않으면 죽어 있는 것이라는 것도 알았습니다. 그리하여 나의 글쓰기가 이토록 사랑하는 마음과 연결되어 있음을 알게 되었습니다. 그러니까 글쓰기는 살아 움직이며, 끊임없이 상처받고 치유하고 있는 영혼을 질료로 삼는다는 걸 알았다는 말입니다.

—『빗방울처럼 나는 혼자였다』

216

당신은 모든 것을 가졌다

후회하지 마. 부끄러워하지도 마. 너는 모든 사랑하는 사람들의 편이고 변하지 않는 사랑을 믿는 사람들의 편이고, 행복한 사람들의 편이야. 왜냐하면 네 가슴은 사랑받았고 사랑했던 나날들의 꽃과 별과 바람이 가득할 테니까. 쓸쓸한 생은 많은 사람에게 그런 행복한 순간을 허용하지 않는데, 너는 한때 그것을 가졌어……. 그건 사실 모든 것을 가진 거잖아.

—『사랑 후에 오는 것들』

217

기다림

기다린다는 것에 대해 생각했습니다. 누군가를 기다리는 일이 아니라, 오로지 나 자신을 위해 기다려주는 일 말입니다. 염산처럼 쓴 고통들이 시간과 함께 익어 향기로운 술이 될 때까지 기다리는 일. 그러면 언젠가 그 술잔을 들어 이것은 나의 고통이 익은 술이라고 웃으며 이야기할 수 있을지도 모르겠지요. 그리고 과거의 그 고통의 아릿한 달콤함에 취할 수도 있겠지요.

—『상처 없는 영혼』

218

정답

괜찮다, 괜찮아. 홍아, 네 나이 때는 정답을 못 찾는 게 정답이야. 모범 답안으로만 살면 진짜 무엇이 옳은지 모르는 거야.

—『사랑 후에 오는 것들』

219

안개 낀 밤에

갑자기 그는 아주 쓸쓸한 기분이 되었다. 산다는 것은, 이런 안개 낀 밤에 서 있는 것 같았다. 아주 가까운 앞과 아주 가까운 뒤만 볼 수 있는 일 같은 것, 아니다. 어쩌면 안개 낀 밤보다 더 뿌연 일이리라. 왜냐하면 산다는 것은 한 치의 앞조차도 보여주지 않는 일이니까 말이다. 산다는 것은 이렇게 안개 낀 밤보다 그러니까 더 지독한 것인지도 모른다.

—『고등어』

220

우리는 때때로 혼자의 시간이 필요하다

배고플 때, 몸에 나빠도 좋은 재료로 만든 것들이 아닌 걸 알면서도 막 아무거나 쑤셔 넣고 싶을 때, 엄마도 멈추고 호흡을 가라앉히고 자신에게 이렇게 물었다. "정말?" 그러나 뜻밖에도 눈물이 나오더구나.

아니, 내가 원한 건 그런 게 아니었어. 나는 내 나쁜 감정들과 느낌들(외로움, 소외감, 절망감, 상실감, 분노심 같은 것들)을 그런 것들로 얼른 위장하고 싶었던 거야. 그럴 때 몸은 오히려 비우기를 원했더라고. 좀 가만히 나와 함께 있고 싶어 했던 거더라고. 맑은 차를 마시며 천천히 혼자 생각을 가다듬어 자신의 나쁜 것들을 알아보고 정화하고 싶어 하는 것을 알았지.

외롭다는 것이 고통스럽다면 너 자신과 함께 있어봐라. 어차피 너 자신과 함께 있지 못하면 누구와 함께 있어도 외로워. 그리고 그럴 때의 외로움은 '골 때리는 외로움'이란다.

그러니 혼자 잘 지낼 수 있어야 한다. 우선 네 육체를 돌보고. (엄마가 늘 말했지만 육체와 정신은 둘이 아니고, 우선 육체가 반응도 빠르고 눈에도 잘 보이니까 말이야.)

—『딸에게 주는 레시피』

221

예술가는 춤을 추는 존재

언젠가 소설에 쓴 구절이기도 하지만 예술가라는 존재들은 낚싯대의 찌처럼 춤을 추는 존재들이라는 것을 말이지요. 우리 눈에는 보이지 않는 어두운 물속에서 물고기가 1밀리미터쯤 미끼를 잡아당기면, 혼자서 그 열 배 스무 배로 춤을 추어서 겨우 물고기가 1밀리미터쯤 잡아당기고 있다는 사실을 알려야 하는 그 우스꽝스러운, 대개는 그 빛깔이 화려한 그 찌 같은 존재들이라는 것을, 그래서 우리가 알고도 피하고 모르고도 피하고 무서워서도 피하는, 생의 가지가지 모든 고통들이 실은 인생의 주요 질료라는 것을 알려주는 그런 존재라는 것을. 아무리 상식적이고 아무리 튼튼한 사람도 생의 어느 봄날 한 번쯤 오뉴월의 훈풍에 아파서 울 때가 있는 것이니까요. 마치 혼자서만 세상 밖으로 내동댕이쳐진 것같이 외로울 때도 있는 것이니까요. 그럴 때 너만 그러는 것은 아니야, 하고 다가가는 그런 존재들이 바로 예술가들이라는 것을. —『빗방울처럼 나는 혼자였다』

222

우리는 다양하게 욕망해야 한다

나는 그때 얼마 전 읽은 책의 한 구절을 떠올렸다.

"우리의 욕망은 너무도 획일적이다. 좋은 학벌, 많은 돈, 넓은 집. 우리는 이제 다양하게 욕망하는 법을 배워야 한다."

—『공지영의 지리산 행복학교』

223

내가
스스로 행복해지기 전에

소설가가 되면 행복해질 거라고 생각했다. 그래서 나는 소설가가 되었다. 그다음엔 유명해지면 행복해질 거라고 생각했다. 우연히 운이 좋아 나는 유명해졌다. 그다음엔 당연히 돈 걱정이 없어지면 행복할 거라고 생각했다. 생활비를 다 쓰고 나서도 통장에 늘 100만 원만 있다면 아무 걱정이 없을 것 같았다. 그런데 94년도 여름 내가 낸 세 권의 책이 베스트셀러에 올랐다. 그러니 돈도 생겼다. 이제 100만 원이 문제가 아니라 하루를 자고 나면 통장으로 수천만 원의 인세가 도착하기 시작한 것이다. 그토록 사람이 그리웠던 나와 연결하고자 전화벨은 끝없이 울려댔다. 하지만 사실을 말하자면 나는 전혀 행복하지 않았다. 우울증에 걸린 내 영혼은 시도 때도 없이 육체에 비상벨을 울려댔고, 나는 배고프지도 않은데 낮이고 밤이고 먹어대며 사람들을 두려워하기 시작했다. 전쟁이라도 일어난 줄 알았는지 내 몸은 영양분을 받아들여 눈치 없이 알뜰살뜰

지방분을 비축하기 시작했다. 그토록 원하던 돈과 명예가, 그리고 몰려드는 인터뷰가, 행복해지는 데 이토록 쓸모없는 것인 줄 알게 된 것만으로도 어쩌면 나는 그 시간을 감사해야 할지도 모른다.

내가 좋은 사람이 되기 전에, 내가 스스로 행복해지기 전에, 누구도 나를 행복하게 만들어줄 수 없다는 것, 놀랍게도 행복에도 자격이란 게 있어서 내가 그 자격에 모자라도 한참 모자란 사람이란 것을 알게 되었을 때, 나도 할써튼처럼 30대 중반을 넘기고 있었고 돌이키기 힘든 아픈 우두자국을 내 삶에 스스로 찍어버린 뒤였다. 그 쉬운 깨달음 하나 얻기 위해 청춘과 상처를 지불해야 했던 것이다. 괴테의 말대로 "가진 것이 많다는 것은 그 뜻을 깨닫지 못하는 사람에게는 무거운 짐일 뿐"이었던 것이다.

어쩌면 그 깨달음에 이르기까지 걸린 시간이 18년이었다. 그리고 돌아가 신에게 무릎을 꿇었던 것이다. 항복합니다, 주님, 하고. 써놓고 보니 우리말이 이상하기도 했다. 항복과 행복, 획 하나 차이의 낱말…….

—『공지영의 수도원 기행』

224

잘못이 없는 바다

나는 아직은 울지 않습니다. 그러니 나는 아직도 꿈에서 깨어나지 못한 것만 같습니다. 내 가슴으로 차오르는 공기들은 꾸역꾸역거리다가 마치 압력솥에서 나오는 증기처럼 가끔가끔 피식거립니다. 삶이 힘겹게 지나가는 소리가 내게는 들려옵니다. 그래요, 쉬지 않고 달려왔습니다. 어떤 쓸쓸한 유행가 가사처럼 등이 휠 것만 같던 삶의 무게가 내게만은 왜 그토록 생생했던지요.

담배에 불을 붙입니다. 이 작은 시간들. 라이터를 켜고 담배에 불을 붙이는 이 열중할 수 있는 시간들이 내게 위안이 됩니다.

바다는 저기 있군요. 잘못이 없는 바다. 그러나 바다는 내게 한 번도 손을 흔들어주지 않았습니다. 눈이 멀도록 앉아 있는 나를 한 번쯤은 아는 척해주어도 좋았을 텐데, 한 번쯤만 저렇게 반짝반짝 웃어주었어도 나는 눈멀지 않았을 텐데 하는 생각, 부질없는 생각들이 머리를 스칩니다. 그러니 사실은 바다의 잘못이었던가요.

지나온 긴긴 밤들, 제 영혼은 뒤뜰의 달빛 그늘도 눈부셔했습니다.

—『상처 없는 영혼』

225

그러므로 당신을
더 많이 사랑할 수 있는 것입니다

당신이 저를 떠난다 해도, 저는 다시 누군가를 사랑할 것입니다. 이것이 변덕스러운 사랑의 갈피라고 오해하지 말아주시기 바랍니다. 나의 사랑을 기다리고 있는 수많은 사람들이 이 세상에 있다는 것을 저는 이제 압니다. 한 조각의 사랑과 한 덩어리의 빵만으로도 기쁨의 눈물을 흘리는 사람들을 나는 많이 알게 되었습니다. 그들이 있음으로 인해 저는 홀로인 것이 두렵지 않습니다. 그러므로 나는 당신을 더 많이 사랑할 수 있는 것입니다.

—『빗방울처럼 나는 혼자였다』

226

인간의 본성

"인간은 변하지 않아요. 만일 변한 친구가 있다면 우리가 어려서 그를 잘못 본 거예요."

—『해리』

227

헤어짐이 슬픈 건

헤어짐이 슬픈 건 헤어지고 나서야 비로소 만남의 가치를 깨닫기 때문일 것이다. 잃어버리는 것이 아쉬운 이유는 존재했던 모든 것들이 그 빈자리 속에서 비로소 빛나고 있기 때문일 것이다. 사랑받지 못하는 것보다 더 슬픈 건 사랑을 줄 수 없다는 것을 너무 늦게야 알게 되기 때문에.

—『사랑 후에 오는 것들』

228

세상에서 제일 어려운 일

세상에서 제일 어려운 일은 엄마가 되는 일이다…….

—『즐거운 나의 집』

229

내가 뛰어넘은 것

눈을 뜨고 있었지만 캄캄한 어둠, 나는 다만 내가 떨어져 내리는 맹렬한 속도만을 느꼈을 뿐이었다. 그런데 분명 그 캄캄한 절벽을 뛰어내렸는데, 죽어도 좋다고 생각하고 뛰어내렸는데 정신을 차리고 보니 내가 뛰어넘은 것은 다만 문지방일 뿐이었다. 나는 문을 열고 밖으로 나왔다.

—「우리는 누구이며 어디서 와서 어디로 가는가」, 『할머니는 죽지 않는다』

230

거짓말

서유진은 오래도록 그런 생각을 했다. 세상에서 가장 무서운 게 뭐지? 하고 누군가 물으면 그녀는 대답할 수 있을 것 같았다. 그건 거짓말이었다. 거짓말. 누군가 거짓말을 하면 세상이라는 호수에 검은 잉크가 떨어져 내린 것처럼 그 주변이 물들어버린다. 그것이 다시 본래의 맑음을 찾을 때까지 그 거짓말의 만 배쯤의 순결한 에너지가 필요한 것이다.

"나는 거짓말하는 사람들과 싸우고 있어요."

그녀는 대꾸했다. 장경사가 피식 웃었다.

"그렇다면 당신은 무진 시민 모두와 싸워야 할 거요. 사방에서 거짓말을 하며 서로서로를 눈감아주고 있어요. 시의원과 건설업자의 처남이, 운전면허시험장 직원과 병원장 사모님이, 룸살롱 마담과 경찰서장이, 밤무대 무명 가수와 외로운 사모님이, 유부녀와 목사가, 교수와 교재 출판업자가, 시교육청과 입시학원 원장이 서로를 봐준다며 눈을 감고 거짓말을 해대죠. 그들이 원하는 것은 정직도 정의도 아무것도 아니에요. 어쩌면 그들은 더 많은 재물은 가끔 포기할 수 있어요. 그들이 진정 원하는 것은 아무것도 바뀌지 않는 거예요."

—『도가니』

231

열심히, 즐겁게

괜찮다. 위녕, 세상은 그렇게 단순하지는 않아. 세상에는 많은 서열이 있고 많은 점수가 있어. 네가 잘하는 것, 그래서 하면 할수록 더 하고 싶은 것 그걸 하면 돼. 대신 열심히, 그리고 즐겁게.

—『즐거운 나의 집』

232

신앙의 힘

나 자신을 용서하는 데는 사실 신앙의 힘이 굉장히 컸다. 내가 어떤 상황에 있든지 어떤 사람이든지 신은 나를 사랑한다는 확신을 신앙 속에서 얻었다. 내가 잘나서가 아니라 '나'이기 때문에, 내가 만들어졌기 때문에 나를 사랑할 것이라고 생각한 것이다. 거기서 굉장히 많은 힘이 나왔다.

—『괜찮다, 다 괜찮다』

233

그래도, 그럼에도 불구하고

세 아이, 세 번의 이혼, 쇠사슬처럼 무거운 생의 낙인들이 치렁치렁 내가 가는 곳마다 철렁거렸다. 아이들만 없다면 사막으로 도망치고 싶었다. 혹은 북극, 혹은 아프리카. 나는 사슬을 끌고 천천히 말도 안 되는 문장을 채워 넣었다. 나는 무능한 이혼 여성일 뿐. 그 이상도 이하도 아니었다. 그나마 겨우 내가 할 수 있는 것은 한때, 라는 것을 믿고 왕년에, 라는 것을 믿고 글에 매달려보는 것이었다. 나이가 어린 상사에게 시달리는 재입사한 기혼 여성들처럼 나는 나의 모든 비굴을 다해 글에 아부했다. 어쨌든 책상에 앉았다. 무엇이라도 썼다. 붓을 오래 놓은 화가가 데생이 되지 않듯 손은 서툴렀지만 중요한 것은 그래도 멈추지는 않았다는 것이다.

—「나의 치유자, 나의 연인 그리고 나의 아이들」(이상문학상 문학적 자서전)

234

상처에 대한 집착

송봉모 신부님의 『상처와 용서』라는 책에 그런 말이 나온다. 용서는 상대방을 위해서가 아니라 자기 자신을 위해서 하는 것이라고. "그래 그 사람도 이런 이런 사정이 있었어, 그러니 나한테 잘못했을 거야" 이렇게 말하는 것은 값싼 용서이고, "나는 그 사람을 사람으로서는 도저히 용서할 수 없습니다. 그러나 하느님의 이름으로 그 사람을 용서하게 되기를 바랍니다"라는 게 진짜 용서라고. H. 나우웬의 말처럼 우리는 "상처를 딛고 일어설 자유"를 얻어야 한다. 나 역시 많이 편안해진 후에, 돈이나 명예, 사랑이나 이름에 대한 집착을 버려야 한다고 날마다 되뇌며 살던 어느 날 깨닫게 되었다. 내가 상처에 대하여, 그것이 차마 집착인 줄도 모르고, 그 어느 것보다 더 무섭게 집착하고 있다는 것을.

—『공지영의 수도원 기행』

235

부모 연습

어른들도 완전하지 않아. 더구나 처음 낳은 자식에게는 언제나 실수투성이야. 부모 연습을 해본 적이 없어서…….

—『즐거운 나의 집』

236

담에
잘하면 돼

어떤 순간에도 너 자신을 존중하고 사랑하는 것을 그만두어서는 안 돼. 너도 모자라고 엄마도 모자라고 아빠도 모자라. 하지만 그렇다고 그 모자람 때문에 누구를 멸시하거나 미워할 권리는 없어. 괜찮은 거야. 그담에 또 잘하면 되는 거야. 잘못하면 또 고치면 되는 거야. 그담에 잘못하면 또 고치고, 고치려고 노력하고……. 자기 자신을 사랑하는 사람만이 남을 사랑할 수가 있는 거야.

—『즐거운 나의 집』

237

사랑이라는 게

좋은 옷 보면 생각나는 거, 그게 사랑이야. 맛있는 거 보면 같이 먹고 싶고, 좋은 경치 보면 같이 보고 싶은 거, 나쁜 게 아니라 좋은 거 있을 때, 여기 그 사람이 있었으면 좋겠다 생각하는 거, 그게 사랑인 거야…….

—『착한 여자』

238

고독이
저를 돌아보게 합니다

서울에서의 분주한 일상이 멈추어지자 고독이 저를 돌아보게 합니다. 내 맘속에서 폭발해 나와 나의 육체까지 뒤흔들어 놓을까 봐 건드릴 수도 없었던 기억들도 조금씩 아물어갑니다. 이래서 한적한 곳으로 가라고 선인들은 말씀하셨던가요? 고독 속에서 자연 속에서 우주의 소리 속에서 치유 받으라고 말입니다.

—『빗방울처럼 나는 혼자였다』

239

초겨울

새벽 미사를 가려고 문을 열다가
팽팽히 서 있던 얇은 초겨울에
콩하고 이마를 찧었다.

—twitter @congjee

240

이별은 이미 시작되고 있었다

인간들은 낯선 상대와 소통하기 위해 겨우 언어를 발명해내었으나 그 언어의 벽에 갇혀 실상 진실을 모두 놓치고 만다. 입을 다물고 있으면 언어의 집인 몸이 모든 것을 이야기하는 것을. 의미 없는 진실되지 않은 내 언어가 우리 사이로 들어서 쩡! 하고 우리를 갈라놓는 그 순간 나는 미카엘도 동시에 나와 같은 것을 느꼈다는 것을 알았다. 그의 눈에 당혹감과 함께 슬픔 같은 것이 어리고 있었다. 나는 그가 이 모든 사태를 알아차렸다는 것을 깨달았다. 아직 아무것도 결정되지 않았고 결정할 수 없었으나 우리의 이별은 이미 시작되고 있었다.

—『높고 푸른 사다리』

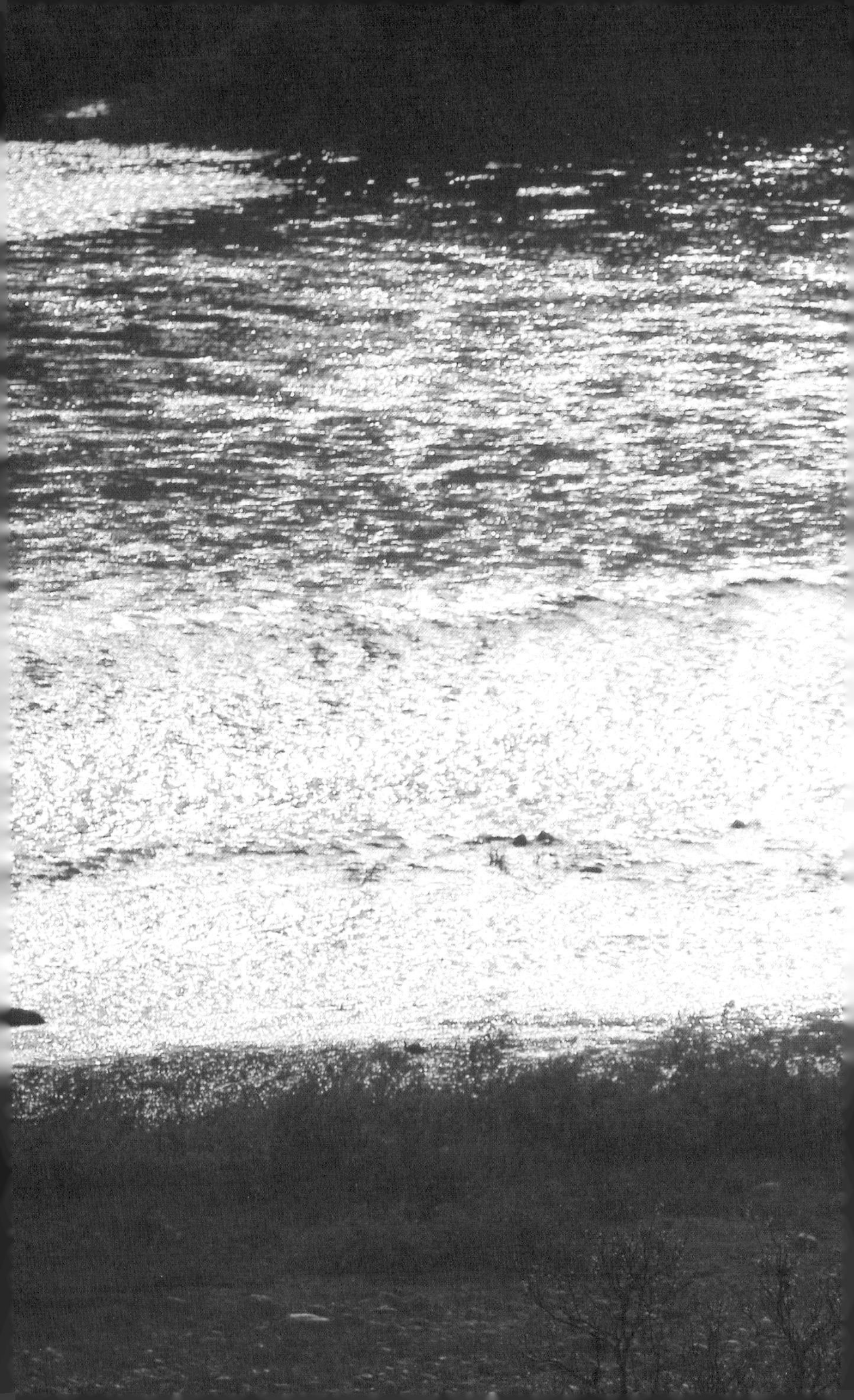

241

그가
내 이름을 부르자

그때 나는 내 안의 어떤 여성성이 그가 이름을 부르자
깨어나 가만히 고개 드는 것을 느꼈다.

—『사랑 후에 오는 것들』

242

군중

어린 창녀는 아직도 그 거리를 서성이고 있었다. 문득 강인호와 눈이 마주쳤으나 그녀는 그를 전혀 알아보지 못하는 것 같았다. 당연한 일이었다. 이제 그도 무진의 안개에 젖어 퇴락의 냄새가 배어버렸을 것이고 이 거리의 누구라도 그녀에겐 그저 흘러 다니는 지폐로만 보일 테니까. 스스로는 한 번도 원하지 않았을지 모르나 그 또한 이제 그 거리에서는 군중이었다.

—『도가니』

243

딜레마,
딜레마들

내 생이 결코 내 맘대로 되지 않는다는 것을 뻔히 알면서도 내 인생은 나의 것이어야 한다는 이 딜레마. 우리 삶에 상처 입힌 사람들을 용서할 수 없는 고통에 시달리면서 바로 그 순간에도 나는 또한 남에게 잊지 못할 상처를 주고 있다는 딜레마…….

그렇게 살았거든 후회하지 말고 후회하려거든 그렇게 살지 말아야 했다고, 까뮈가 그렇게 말했다. 내가 만일 내 인생의 전환기를 느낀다면 그것은 내가 얻은 바에 의해서가 아니라 내가 잃은 그 무엇 때문이라고. 지난 세월 동안 나는 노력하면 무엇이든 이룰 수 있다는 터무니없는 자신감을 잃었고, 누군가 나를 행복하게 만들어줄 거라는 기대를 잃었다. 그러니 이제 또 무엇을 더 잃고 서울로 돌아가야 하는지, 새벽이 올 때까지 그렇게 혼자 뒤척이며 나는 깨어 있었다.

—『공지영의 수도원 기행』

244

엄마는 힘이 세다

이상하게도 그때 나는 알게 되었다. 이혼한 가정의 아이들이 왜 불행한지. 그건 대개 엄마가 불행해하기 때문일 것이다. 부부가 불화하는 집 아이들이 왜 불행한지도 어렴풋하게 느껴졌다. 그건 엄마가 불행하기 때문일 것이다. 아아, 이 세상에서 엄마라는 종족의 힘은 얼마나 센지. 그리고 그렇게 힘이 센 종족이 얼마나 오래도록 제 힘이 얼마나 센지도 모른 채로 슬펐는지.

—『즐거운 나의 집』

245

자유에
평화가 깃들면

자유에 평화가 있다면 자유라고 생각합니다. 그러나 평화가 깃들지 않는다면 그것은 일종의 퍼포먼스겠지요. 삶조차 자유이기 위해 평화를 필요로 합니다. 아니라면 관객을 의식하는 연극이 되어버리겠지요. 저 자신, 보이지 않는 수많은 관객을 위해 저 자신에게 많은 잘못을 저질러왔습니다.

—『빗방울처럼 나는 혼자였다』

246

잊어

"대체 왜 그러느냐고, 내가 뭘 그렇게 잘못했느냐고, 마치 아무 일도 없었던 것처럼 천진한 눈으로 그렇게 묻지는 마. 내가 너보다 많이 슬펐고, 내가 너보다 많이 기다렸고, 내가 너보다 많은 걸 걸었으니까. 그러니 이제 나를 잊어. 칸나를 잊듯이, 벚꽃이 일제히 지듯이 그렇게……. 더 많이 사랑했던 사람하고, 더 아팠던 사람하고, 정말 처음이었던 사람들이 이미 불행하기로 되어 있었던 걸 너는 모르겠지, 영영 그렇게 모르겠지. 그러니 잊어. 하나도 남김없이 잊어."

—『사랑 후에 오는 것들』

247

그리움

세월이라는 것이 꼭 좋은 것인지 아직은 잘 알 수가 없지만 그래도 그렇게 오래도록 누군가를 그리워한다, 라는 것만큼 순수한 감정이 있을까, 하고 싶은 생각해 왔더랬습니다.

그리움이라는 수줍고 순수한 단어.

—「작가의 말」,『사랑 후에 오는 것들』

248

명심할 것!

중요한 건 네가 행복한 거고,
더불어 사는 법을 연습하는 거고,
그리고 힘든 이웃을 돕는 거야.

—『즐거운 나의 집』

249

걱정하지 말아라

전문가들에 따르면 우리가 하고 있는 걱정의 80퍼센트는 일어나지 않을 일이며, 나머지 20퍼센트 중에서도 우리 힘으로 어쩔 수 없는 일들이 대부분이며 (그러니까 내일 산에 가는데 추우면 어떻게 하지? 비가 오면 어떻게 하지? 우리 애가 저렇게 공부하다가 대학을 못 가면 어떻게 하지? …… 뭐 이런 것들) 우리 힘으로 할 수 있는 일은 2퍼센트도 안 된다는 것이다. 그러면 결론은? 걱정하지 말라는 것이다.

—『아주 가벼운 깃털 하나』

250

가족의 비극

그게 가족의 딜레마일 거야. 낯선 사람이 가하는 폭력은 피하면 되지. 친구가 그러면 안 만나면 되지. 그러나 사랑해야만 한다고 믿는 가족이 그런 일을 저지를 때 거기서 모든 비극이 시작되는 거야.

—『즐거운 나의 집』

251

자, 일어나자!
오늘을 살자

힘들 때 생각했었어. 이제껏 불행한 것도 억울해 죽겠는데, 과거의 불행 때문에 나의 오늘마저도 불행해진다면 그건 정말 내 책임이다.

—『즐거운 나의 집』

252

그런 게 아니었다

나는 산다는 게 싸워서 무언가를 얻어내야만 하는 건지 알았어. 이를 악물고 참아서 무언가를 얻어내야만 하는 건지 알았어. 이를 악물고 참아서 무언가, 고난 끝에 무언가, 설사 행복이 아니더라도 무언가가 오는 것이라고, 그리고 아마도 그것은 기쁘고 즐겁지만은 않아도 그래도 소중한 것일 거라고.

—「고독」, 『존재는 눈물을 흘린다』

253

날이 갈수록 사랑만이

다만 온 마음을 다해 사랑하는 것만으로도, 온 마음을 다해 마음이 찢어지는 것만으로도 현대를 살아가는 우리는 실은 성녀의 반열에 오를 수 있다는 생각을 합니다.

J, 날이 갈수록 나이를 먹을수록 더 그런 생각이 드는데, 사랑만이 내가 살아 있는, 그리고 나를 살아 있게 하는, 그리고 우리가 서로를 견뎌내야 하는 단 하나의 이유입니다.

—『빗방울처럼 나는 혼자였다』

254

자유,
피에 젖은 맨발

자유를 원한다, 라는 생각을 했을 때 솔직히 제일 먼저 떠오른 것은 피에 젖은 맨발 같은 것이었다. 자유라는 게 말이 그렇지 개인이든 나라든 자유라는 걸 얻는다는 것은 결국 핏빛 깃발을 휘날리는 것이라는 걸 나는 알고 있었던 것이다. 자유란 결국 평화의 다른 이름이며 정말로 예수의 말대로 그건 진리를 통해서만 가능하다는 것 말이다. 예수는 우리에게 진리란 결코 옛것의 이름으로 안주하는 것이 아니라는 것을 온몸으로 증명하다가 비참하게 사형당한 사람이고 보니, 내가 처음에 생각한 피에 젖은 맨발이 그리 틀린 생각은 아니었는지도 모른다.

그러나 그럼에도 불구하고 집착과 상처를 버리는 곳에 조금씩 고이는 이 평화스러운 연둣빛 자유가 너무 좋다. 편견과 소문과 비방과 비난 속에서도 나는 한줄기 신선한 바람을 늘 쐬고 있으며 내게 덕지덕지 묻은 결점들을 똑바로 바라보고 있노라면 그 고통 속에서도 내게 또 다가올 그 자유가 그립고 설렌다.

—『아주 가벼운 깃털 하나』

255

어른들은 알까

어른들은 알까, 우리가 얼마나 어른들의 눈치를 보며 살고 있는지를. 그냥 내가 나여도 되는 것, 그냥 내가 원하는 말을 하는 것, 그것이 어른들의 눈으로 보면 비록 우습고 유치하고 비록 틀릴 수 있을지라도, 무슨 말이든 해도 비난받거나 처벌받거나 미움받지 않는다는 확신이 없을 때, 우리는 얼마나 우리를 잃고 갈팡질팡거리는지를.

—『즐거운 나의 집』

256

체 게바라에게 바침

열다섯 살 때 무엇을 위해 죽어야 하는지를 깊이 고민하고 가난한 사람들을 위해 차가운 알래스카 황야 같은 데서 혼자 나무에 기댄 채 외로이 죽어가기로 결심하고 그렇게 죽어간 그 바보가 이상에 헌신했다면, 우리가 옳다고 알고 있지만 차마 무섭고 차마 귀찮아서 못하는 일을 목숨까지 바쳐서 했다면, 그만 꼼짝 못해버리는 유전자가 제 안에 있기 때문에도 그렇습니다.

—『빗방울처럼 나는 혼자였다』

257

내리막

어디에서든 올라가는 일보다 내려가기가 더 어려운 법이다. 등산이 그렇고 명성이 그렇고 삶의 오르막과 죽음의 내리막이 그렇다. 태어나기 위해서 신은 인간에게 적어도 열 달의 준비기간을 주지만 죽음에는 단 한 찰나의 순간밖에 허용하지 않는다.

—「길」, 『존재는 눈물을 흘린다』

258

책,
영혼의 수화기

엄마는 책을 읽을 때마다 그 작가의 영혼에 수화기를 대고 있는 느낌을 받아. 마치 청진기를 대고 그 가슴의 고동소리를 듣는 그런 느낌. 때로는 마음이 같은 사람의 글을 읽을 때는 가슴과 가슴에 파이프를 대고 있는 것 같기도 해. 그래서 속수무책으로 그 사람의 슬픔과 고통을 맞아들이기도 하지.

—『네가 어떤 삶을 살든 나는 너를 응원할 것이다』

259

쒸이!

부모 되는 거 너무 손해나는 일이다.
뭐 이런 법이 다 있어?
무조건 참아야 하고 져줘야 하고…….

—『즐거운 나의 집』

260

무소의 뿔처럼 혼자서 가라

소리에 놀라지 않는 사자와 같이
그물에 걸리지 않는 바람과 같이
무소의 뿔처럼 혼자서 가라.

—『무소의 뿔처럼 혼자서 가라』

261

울어라!
온몸으로

소설(우리들의 행복한 시간)의 내용 때문이기도 했지만 마지막 점을 찍는데 눈물이 줄줄 흘러내렸습니다. 하지만 슬픔 때문에 울고 있었던 것만은 아니었습니다. 오랜만에 땀을 흘리고 노동을 하고 난 것처럼 뿌듯했고 기쁜 심정도 있었지요. 내 영혼이 깨어나고 있는 듯한 맑은 기운도 느껴졌습니다. 혼자서, 어쩌면 고독의 극한을 느끼면서 새벽을 맞는 것도 그리 나쁘지 않았습니다.

지난 칠 년을 통틀어 가장 행복한 순간이었습니다. 명료하게 깨어 있는 나 자신을 다시 사랑할 수 있게 되었기 때문입니다.

J, 성장에는 고통이 뒤따른다는 사실이, 인간이 성숙해지기 위해서는 필히 물레방아처럼 많은 눈물이 필요하다는 것이 내게는 여전히 달갑지 않지만 이제는 볼멘소리로 그냥 예, 하게 되었습니다. 그러나 가끔 저 자신에게 묻기도 합니다. 정말 그렇게 울어보았나, 정말 물레방아처럼 온몸으로 울어보았나, 설사 그것이 고귀한 것이 아니라 그저 나 자신의 이기심을 위해서라 하더라도 그렇게 온몸으로…… 온몸으로…….

—『빗방울처럼 나는 혼자였다』

262

어린 시절

빈집에 혼자 내버려져 있던 경험을 여러 번 가지고 있는 아이가 있다. 아이가 아는 것은 집 안의 방들과 마루 그리고 부엌 그리고 광 안이나 다락 속이 전부이다. 아니면 집 앞의 골목, 학교 가는 길…… 그 바깥의 세계는 아이가 알 수가 없고, 안다 해도 제 힘으로 어쩔 수 없는 미지의 세계이다. 식구들이 자신의 손이 미치지 않는 그 경계 밖으로 나가버리고 아무 소식도 없을 때, 남은 아이에게 달려드는 것은 무력감과 공포뿐이다. 그리고 그 공포의 이름은 자신이 버림받았다는 절망감이다. 아이가 멀쩡한 성인으로 자란다 해도 그 버림받는다는 것에 대한 감정은 아이의 가슴속에 공포의 핵으로 남아 있다. 하지만 어른이 된 아이는 이 공포의 핵을 결코 알 수 없고 인식할 수도 없다. 자신은 그저 그런 집안에서 자랐다고 자신의 신상명세서를 친구에게 담담히 이야기하거나, 아니면 이런 말을 하기도 한다. 난 어린 시절에 대해 도무지 생각나는 것이 없어……. 이런 말을 자주 하는 성인들의 특징 중의 하나는 친밀한 어떤 관계의 위기가 닥쳤을 때, 이런 생각을 자주 하기도 한다는 것이다.

'니가 나를 버리기 전에 내가 먼저 너를 버리고 말 거야.'

그들은 어머니가 자신을 혼자 내버려두었던 벌을 자신이 가장 사랑하는 상대방에게 줌으로써 일종의 복수를 꾀하고자 하는 것이다. 내가 너를 떠나버리는 것, 그것은 자신이 알기로 인간이 인간에게 가할 수 있는 이 세상에서 가장 무서운 벌이기 때문이다. 하지만 이런 사람들의 특징 중의 하나는 이런 생각을 많이 하는 것만큼의 빈도와 강도로 결코 그 만남에서 벗어나지 못한다는 것이다. 왜냐하면 그들은 누군가와 헤어지는 것에 대해 원초적으로, 이미 마음의 핵이 되어버린 죽음보다 강한 공포를 가지고 있기 때문이다.

—『착한 여자』

263

신이 있다는 증거

프랑스의 대통령을 지냈던 미테랑이란 사람이 죽기 세 시간 전에 피에르 신부님께 물었다고 해.

"신부님 정말 신이 존재할까요?"

"뭐 그렇게 바보 같은 질문을 다 하나? 언젠가 자네가 가난한 이에게 가진 것을 다 주고 돌아설 때 자네 마음이 어땠는지 생각해보게. 그 바보 같은 짓을 하고도 자네의 마음이 기뻤다는 게 그 증거라네."

—『네가 어떤 삶을 살든 나는 너를 응원할 것이다』

264

비극

인간에게 늙음이 맨 마지막에 온다는 것은 얼마나 저주인가, 그 저자는 말했다. 신은 실수를 했다. 기어다니는 벌레였다가 스스로 자기를 가두어두는 번데기였다가 드디어 천상으로 날아오르는 나비처럼 인간의 절정도 생의 맨 마지막에 와야 한다고. 인간은 푸르른 청춘을 너무 일찍 겪어버린다고.

—「고독」, 『존재는 눈물을 흘린다』

265

사랑의 크기

한 사람을 사랑하는 작은 사랑 없이 큰 사랑을 이야기 하는 것은 공허합니다. 위선이 되기 쉽지요. 작은 사랑만 보고 큰 사랑을 외면한다면 우리는 이기적이 되고 맙니다.

—『빗방울처럼 나는 혼자였다』

266

누군가를 사랑한다는 것

얘야, 누군가를 사랑한다는 것은,

어떻게 사랑하는지를 아는 것이란다.

—『봉순이 언니』

267

표상을 읽다

주교 요한 크리소스토모의 말씀을 생각한다.

당신이 당신을 재는 다른 사람들의 시선에 자유로울 수 없는 이유는 그 잣대를 받아들였기 때문이다. 도대체 무엇이 인간의 힘인가? 당신이 틀림없이 가난을 두려워하는 것 같아도 돈이 힘은 아니다. 당신의 노예 생활을 모면케 해주는 자유도 힘은 아니다. 인간의 힘은 참된 표상과 함께 갖게 되는 주의 깊음과 생활 방식과 관련된 올바름이다.

—『네가 어떤 삶을 살든 나는 너를 응원할 것이다』

268

성급하지 말아라

산다는 것은 결코 자동사가 아니란다. 그것은 엄정한 타동사지. 삶과 사랑과 네가 꿈꾸던 변혁…… 그것들은 거부할 수 없는 것이고 때로는 폭풍처럼 휘몰아치는 것이라는 걸 나는 알고 있단다. 하지만 그것들은 자기를 부서뜨리는 아픔과 이런 예측 못한 미끄러짐을 동반하는 것이다. 그리고 무엇보다 그것들은 각자의 과녁에 닿기까지 시간을 필요로 하는 것이지. 폭풍이 잠드는 시간, 아픔이 잦아드는 시간, 상처가 아물어가는 그런 시간…… 제발이지 성급하지 말아라.

—「길」, 『존재는 눈물을 흘린다』

269

삶은 등산

언젠가 네가 친구에 대해 물었을 때 엄마도 언젠가 어떤 스승에게 들은 말을 네게 해줄 수밖에 없었어. 삶은 등산과 같고 친구는 그 등산길의 동료와 같다고 말이야. 등산로 입구에서 그렇게 많았던 사람은 다 어디로들 가버렸는지 올라갈수록 인적은 드물어지고 그리고 외로워진다는 것을 말이야.

—『네가 어떤 삶을 살든 나는 너를 응원할 것이다』

270

난데없고 어마어마한 힘

“넌 운명이란 것을 믿니? 어느 날 운전면허 시험의 한 과정처럼 돌발 상황이라는 것이 생의 급브레이크를 밟게 하고, 우리가 믿었던 질서들을 뒤죽박죽으로 만들며 이성을 무력화시키고 상식을 비웃으며 단 한 번뿐인 우리 생의 모든 것을 똥창에 거꾸로 처박아버릴 수 있는 난데없고 어마어마한 힘을 가지고 있다는 것을? 인류가 생긴 이래로 그 운명이라는 것이 인간에게 그친 적이 없어. 여기 푸른 별 지구 위의 과거와 현재 그리고 동과 서에서.”

—「맨발로 글목을 돌다」, 『할머니는 죽지 않는다』

271

너는
원본이다

나의 창조물들을 자세히 보아라. 어떤 눈송이도 똑같이 생긴 것이 없다. 나뭇잎이나 모래알도 두 개가 결코 똑같지 않다. 내가 창조한 모든 것은 하나의 '원본'이다. …… 태초부터 내가 사랑한 것은 남과 다른 너였기 때문이다. —닐 기유메트 신부의 『내 발의 등불』 중에서

—『네가 어떤 삶을 살든 나는 너를 응원할 것이다』

272

저 사람들을 용서해주십시오

"자매님, 화내지 마세요. 전 안타까워서 그래요. 그들은 독약을 먹고 있어요. 그게 독약인 줄도 모르고, 안 죽네, 맛있네, 이러고 있다고요. 그들이 쥐약이 든 빵을 계속 먹고 있는데, 왜 화가 나요? 안타깝지요, 그 사람들이요. 그들이 제 동료고 선배고 우리 아버지 같은 주교님이신데…….
마음이 타요. 제 눈 아픈 것보다 맘이 더 타고 아파요."

최 신부의 말 앞에 아무도 입을 열지 못했다. 이나는 새삼 최 신부를 바라보았다. 왜 처음 그와 마주쳤을 때 슬픈 눈이라고 생각했는지 알 것 같았다. 세상에, 자기를 때린 사람들이 쥐약을 먹고 있다는 말을 태연히 털어놓는다. 십자가에 달린 예수가 "아버지, 저 사람들을 용서해주십시오. 저들은 자기들이 무슨 일을 하는지 모르고 있습니다"라고 한 말이 새삼 떠올랐다. 그때 예수는 슬픈 얼굴이었을 거다, 분노에 떠는 게 아니고.

—『해리』

273

삶은
언제나 지나간 다음에야

……삶은 언제나 지나간 다음에야 생생해지는 거라는 걸 나는 이제 알 것 같아요.

—「길」, 『존재는 눈물을 흘린다』

274

그가
내 인생 속으로 뚜벅뚜벅

그 호숫가 나무다리 위에서 처음 그를 보았을 때, 왜 그렇게 가슴이 철렁했는지 나는 아직까지 설명해내지 못하고 있었다. 다만 만년 동안 고독하게 얼음 바다에 떠 있던 빙하 생각을 했다. 그리고 무척 낯익은 느낌이 밀려왔었다. 그 느낌은 조수처럼 부드러운 것이었지만, 또한 대양의 해류처럼 막을 수 없는 종류의 것이었다. 그의 눈에는 오래된 빙하가 잘려나간 것 같은 차가움이 어려 있었으며, 그 단면 맨 위층에는 그것을 위장하려는 무표정이, 그다음 층에는 아프리카 초원의 한 귀퉁이에서 혼자 먹이를 찾아 어슬렁거리는 날씬한 맹수의 슬픈 빛이, 그리고 맨 아래에는 스스로 폭발해버리고야 말겠다는 터무니없는 의지가 곁들여진 에너지가 이글거리고 있었다.

말로 하자면 케이크의 단면 같은 복잡한 느낌을 나는 일 초도 안 되는 사이에 다 느껴버렸다. 아니, 느꼈다기보다는 날아오는 공을 얼결에 받아버린 얼치기 외야수 같은 형국이라고나 할까. 그리고 그가 내 인생 속으로 뚜벅뚜벅 걸어 들어오는 것을 속수무책으로 바라보았다.

—『사랑 후에 오는 것들』

275

그는 다시 누군가를 사랑하고 있을까

잊는다는 건 꿈에도 생각해본 일이 없었다. 내가 잊으려고 했던 것은 그가 아니라, 그를 사랑했던 나 자신이었다. 그토록 겁 없이 달려가던 나였다. 스물두 살, 사랑한다면 그가 일본인이든 중국인이든 아프리카인이든 아무 상관이 없다고 믿었던, 사랑한다면 함께 무엇이든 이야기하고 나누고 비밀이 없어야 한다고 믿었던 스물두 살의 베니였다. 그를 만나지 못해도, 영영 다시는 내 눈앞에 보지 못한다 해도, 잊을 수 없다는 것을 나는 알고 있었기 때문이다. 그래서 나는 그때 그를 떠날 수 있었는지도 모른다.

준고는 이제 누군가를 다시 사랑하고 있을까. 아마도 그럴 것이었다. 교토 사가노 대나무 숲에서 나누었던 입맞춤을 잊었을까. 아마도 그럴 것이었다. 우리가 그의 작은 침대에서 껴안고 잠들었던 밤들을 잊었을까. 아마도 그럴 것이었다. 그러고는 벚꽃잎이 떨어지는 저녁 그 호숫가에서 어떤 여자의 손을 부드럽게 잡고 천천히 걸어가겠지. 그리고 그 옛날 내가 했듯이 가끔 멈추어 서서 부드러운 눈길로 얼굴을 바라보며, 네 빛나는 눈이 참 예뻐, 하고 말하겠지. 어처구니없게도 그때처럼 가슴이 아파왔다. 그때 나는 그의 곁에 있는 모든 여자를 질투했었다.

나는 그의 호주머니 속에 들어가 살고 싶었다. 그의 호주머니 속에 들어가 그가 가는 곳이면 어디든 따라가고 싶었다. 가끔 그의 손이 내가 살고 있는 호주머니 속으로 들어오면 그의 손가락을 만지작거리며 잠들고 싶었다. 나는 그와 잠시도 떨어져 있고 싶지 않았다. 그의 모든 것을 알고 싶었고 참견하고 싶었고 그래서 내가 그의 일부가 되고 싶었다. 그게 어떤 의미인지 알 수 없었다. 사랑을 하면 그냥 그렇게 해도 되는 줄 알았다. 사랑하는 마음만으로 충분하다고 믿는 나는 내 감정에 충실한 이기주의자였다.

—『사랑 후에 오는 것들』

276

유치함

유치한 것이 우리를 가장 아프게 한다.

밥이 그렇고

잔돈이 그렇고

아주 작은 따돌림이 그렇다.

―『즐거운 나의 집』

277

집은
베이스캠프

그런데, 이런 생각도 들더라. 혹시, 아무 생각도 없는 거, 그게 좋은 가정이라는 게 아닐까, 누가 그러더라구, 집은 산악인으로 말하자면 베이스캠프라고 말이야. 튼튼하게 잘 있어야 하지만, 그게 목적일 수도 없고, 또 그렇다고 그게 흔들거리면 산 정상에 올라갈 수도 없고, 날씨가 나쁘면 도로 내려와서 잠시 피해 있다가 다시 떠나는 곳, 그게 집이라고. 하지만 목적 그 자체는 아니라고, 그러나 그 목적을 위해서 결코 튼튼하지 않으면 안 되는 곳이라고. 삶은 충분히 비바람 치니까, 그럴 때 돌아와 쉴 만큼은 튼튼해야 한다고…….

—『즐거운 나의 집』

278

존재는 슬픈 거야

모든 존재는 저마다 슬픈 거야. 그 부피만큼의 눈물을 쏟아내고 나서 비로소 이 세상을 다시 보는 거라구. 너만 슬픈 게 아니라…… 아무도 상대방의 눈에서 흐르는 눈물을 멈추게 하진 못하겠지만 적어도 우리는 서로 마주보며 그것을 닦아내줄 수는 있어. 우리 생에 필요한 것은 다만 그 눈물을 서로 닦아줄 사람일 뿐이니까. 네가 나에게, 그리고 내가 너에게 그런 사람이 되었으면 해.

—「존재는 눈물을 흘린다」, 『존재는 눈물을 흘린다』

279

바닷속이
우리가 사는 세상이라면

차창으로 달려드는 하늘을 보면서 그날의 바닷속을 생각했다. 그러자 문득, 만일 우리가 사는 세상도 하나의 바닷속과 같다면 지금 저 하늘 위의 세상에는 폭풍우가 치고 있을까, 하는 생각이 잠깐 들었다. 우리가 하늘이라고 부르고 있는 저것이 만일 다른 세상의 수평선 같은 것이라면…… 거기서도 누군가가 태어나고 죽고 여행을 떠나는 것이라면…….

—「길」, 『존재는 눈물을 흘린다』

280

이 숯도

이 숯도 한때는 흰 눈 얹힌 나뭇가지였겠지.

—일본 하이쿠, 작자 미상

—『사랑 후에 오는 것들』

281

이별한 후에 오는 것들

'말이야, 두꺼비집이 닫히는 것처럼, 물기 묻은 전원에 스위치가 자동으로 차단되는 것처럼, 사랑 같은 거, 호감 같은 거, 느끼려는 순간 철컥 하고 스위치가 내려져. 나도 어쩔 수 없어. 일부러 그러는 건 아니야. 그런데 그 이후에는 아무것도 느낄 수가 없어. 아무리 그러지 않으려고 해도 아무것도 느껴지지가 않아. 감정이 암전된 것만 같아.'

서울의 밤 풍경은 검은 벨벳 상자에 놓인 보석들처럼 맑았고, 한강의 다리들로 오가는 차들의 불빛조차 유리꽃처럼 반짝였다. 멀리서 보니까 그랬던 것이다. 멀리서 보면 대개 모든 사물에게 너그러워질 수 있는 걸까?

기다렸었다. 한국으로 돌아와 새로 휴대전화를 장만하고 나서 그가 당연히 내 전화번호를 모를 것을 알면서도 집 전화번호가 바뀌고, 회사 전화번호가 바뀌고, 한국의 전화번호는 세 자리 국번에서 네 자리 국번으로 바뀌어 버렸는데도 심장은 내 머리를 비웃으며 그렇게 덜컥거렸다. 사무실에서든 집에서든 전화를 받아들고 그 소리의 주인공이 여보세요, 하기까지 전화벨은 고통이 시작되는 신호였다. 그렇게 혹시라도 기적처럼 그가 전화를 걸어와 베니, 넌 잘 있니? 하고 물으면, 그러면 나는 대답하고 싶었다.

'응, 잘 있어. 나는 최홍이고, 나는 씩씩한 여자고, 나는 잘 있어. 준고. 어쩔 수 없이, 안간힘을 다해서, 필사적으로 그렇게 잘 있단다.'

갓 오븐에서 꺼낸 따뜻한 애플파이, 진한 레몬밤티, 딸기가 그렁그렁한 생크림 케이크, 그리고 선암사의 조용한 뜨락, 파초잎을 스치는 바람과 연보랏빛 작약 꽃다발, 토란잎에 떨어지는 빗방울, 나는 언제나처럼 주문을 외웠다.

—『사랑 후에 오는 것들』

282

앉아 있을 때
앉아 있고

스님, 어떻게 하면 잘 살 수 있습니까? 그랬더니 그 스님이 대답하더구나. 앉아있을 때 앉아 있고, 일어설 때 일어서며 걸어갈 때 걸어가면 됩니다, 하는 거야. 아저씨가 다시 물었지. 그건 누구나 다 하는 일 아닙니까? 그렇지 않습니다. 당신은 앉아 있을 때 일어날 것을 생각하고 일어설 때 이미 걸어가고 있습니다.

—『즐거운 나의 집』

283

흘러가게
해주어라

삶이라는 것도 언제나 타동사는 아닐 것이다. 가끔 이렇게 걸음을 멈추고 자동사로 흘러가게도 해주어야 하는 걸 게다. 어쩌면 사랑, 어쩌면 변혁도 그러하겠지. 거리를 두고 잠시 물끄러미 바라보아야만 하는 시간이 필요한 것이다. 삶이든 사랑이든 혹은 변혁이든 한번 시작되어진 것은 가끔 우리를 버려두고 제 길을 홀로 가고 싶어 하기도 하니까.

—「길」, 『존재는 눈물을 흘린다』

284

죽음

온기가 사라지는 것이 죽음이라면, 인간의 영혼에서 온기가 사라지는 순간 또한 죽음이었을 것이다. 나도 그도 한때, 그것도 모르고 살면서 죽고 싶다고 생각했던 것이다. 그것이 이미 죽음이었는지도 모르고.

—『우리들의 행복한 시간』

285

우리가 남이가

저는 '우리가 남이가'라는 말이 제일 싫어요.
그럼 남이지, 지가 난가요?

—『괜찮다, 다 괜찮다』

286

내가 지향하는 가난

수사님께서 글을 보내주셨다.

"잃어버릴 것이 없다면, 아무것도 두려워할 필요가 없습니다."

이 모든 것, 이 헛된 것들.

처음부터 내 것인 것도, 끝까지 내 것인 것도 없다.

재물이 있든 없든 이것이 그리스도가 축복하고

내가 지향하는 가난이다.

—twitter @congjee

287

연민하지 못하고 미워하는 까닭

당신이 상대를 연민하지 못하고 나아가 미워하는 까닭은 당신이 우선 자신의 감정을 충분히 연민하고 충분히 느끼지 못했기 때문입니다……라는 말을 가지고 한 주를 살았다.

—twitter @congjee

288

나이가 든다는 것

인생이 어느 정도 나이가 되면 진보하거나 추락하거나 둘 중 하나밖에 없는 것 같더라고요. 앞으로 나아가거나 추락하거나. 제자리에 머무는 것도 힘든 것 같아요. 그런 게 무섭죠. 가장 좋은 방법은 좋은 책 읽고, 기도하고 그런 것 같아요. 내 힘으로 안 되는 일이 참 많다는 것을 인정하는 것 자체가 사람을 참 편안하게 해주는 것 같아요.

—『괜찮다, 다 괜찮다』

289

네 영혼이 원하는 것을 살펴라

백합은 가시가 있을 수 없고 나팔꽃은 꼿꼿이 설 수가 없단다. 그것을 부끄러워하거나 고치려고 해서는 안 돼. 고치려고 하는 순간, 네 영혼은 네가 너를 거부하고 너를 미워하는 것이라고 알아듣고 말 거야. 때로 영혼은 우리보다 많은 것을 알고 있다. 영혼은 자신을 싫어하는 혹은 미워하는 자아가 시키는 일에 복종하지 않아. 영혼은 진정 사랑받고 있다고 느낄 때, 충분히 인정받고 있다고 느낄 때만 자신을 변태시키려고 한단다. 그것도 자신이 타고난 한도 내에서 말이야.

위녕, 이것은 결코 절망적인 소식이 아니야. 오히려 모든 사람에게 일률적으로 학습을 시키고 그것을 조금이라도 못하는 이에게 죄책감을 심어주는 이 사회에서 우리가 잘 알아야 할 점이야. 그러므로 언제나 자신을 잘 살피고 물어서 자기가 누구인지 아는 것은 아주 중요한 일이며 마땅히 해야 할 일이기도 하다. 저기 저 연예인이 입은 옷, 저기 내 친구가 다루는 악기는 중요하지 않아. 네 영혼이 원하는 것을 살펴라. 그것을 선택할 때 너는 그것을 잘할 수 있어. 그리고 행복할 거야. 그렇지?

—『딸에게 주는 레시피』

290

종교가 저에게

종교가 나한테 가르쳐준 것은 더불어 살기 위해서는 사랑과 나눔이 정말로 필요하다는 것이에요. 그 이전에 저한테 가르쳐준 것은 인간으로서 나의 한계를 인식하게 해줬던 것 같아요. 그것이 저한테 굉장히 중요한 개념이에요. 20대 때 변증법적 유물론, 사적 유물론을 공부했을 때는 내가 세계를 다 파악한 것 같았고, 우리가 열심히만 하면 안 되는 게 없을 것 같았어요. 허망한 낙관주의라고 봐야죠. 그런데 인간의 힘으로 이룰 수 없는 것이 분명히 있고, 더군다나 내가 할 수 없는 것들이 너무나 많다는 분명한 개념이 저한테 굉장히 도움이 됐어요. 그것이 말하자면 인간적인 성숙으로 저를 이끌어줬던 것 같아요.

—『괜찮다, 다 괜찮다』

291

영원을
맹세함

손가락을 걸면서 우리 영원히 사랑하자고 하는 말은, 설사 그것이 우리 영원히 죽지 말자, 하는 말보다 더 허황한 것이라 해도 그 순간만은 영원의 입구에서 영원이라는 아득하고 도달할 수 없는 그 단어가 주는 그 황홀함을 맛보는 법이니까.

—『착한 여자』

292

생보다
진한 지우개

오래도록 열망했지만 결국 생의 어떤 부분도 지우개로 지울 수 없다는 것을 나는 깨닫는다. 생보다 진한 지우개는 이 세상에 존재하지 않는 것이다, 죽음조차도.

—「조용한 나날」, 『존재는 눈물을 흘린다』

293

슬플 때
자장면을 먹어본 사람들은 안다

슬플 때 자장면을 먹어본 사람들은 안다. 비는 내리고 기다리는 사람이 오지 않을 때 자장면을 먹어본 사람은 안다. 그때, 나무젓가락을 쪼갤 때 나는 작은 소리조차 마음을 가르고…… 그 짠맛과 그 값싼 기름기가 비벼주는 위안…… 숟가락을 따로 들지 않고 단출한 접시에 담긴 그 검은 액체에 비벼 먹는 국수의 후두둑거림이 주는 위안에 대해서.

—『착한 여자』

294

가을이 오면

가을은, 그리고 봄은 움직이는 계절이라고 그가 말했었다. 한 번은 완전한 소멸을 향하여 그리고 또 한 번은 충만한 푸르름을 위해서. 그래서 봄이 되면 처녀들이 가을이 되면 남자들의 마음이 흔들리는 거라고.

—「존재는 눈물을 흘린다」, 『존재는 눈물을 흘린다』

295

운명이 방향을 트는 순간

가끔 생은 우리를 배반하는데 그건 주로 가슴이 나설 때의 일이다. 몇 백만 년 동안 그런 가슴이 골치 아팠던 머리는 그 사실을 쇼윈도에 전시하기를 꺼려 지하 창고에 처박아두려 했지만 가련한 그 시도가 승리한 적은 한 번도 없었고 가끔 승리했다 해도 엉뚱한 곳에서 터져 나오는 역습에 곧 무너지고 말았다.

—『높고 푸른 사다리』

296

모든 사랑은
첫사랑이다

이를테면 사랑은 그렇게 온다. 아침에 일어나 창문을 열면 날마다 바라보던 그 낯익은 풍경을 오래 바라보고 있는 자신을 발견하게 되면서, 흐린 아침, 가까운 산이 부드러운 회색 구름에 휩싸이고 그 낯익은 풍경이 어쩐지 살아 있었던 날들보다 더 오래된 기억처럼 흐릿할 때, 그때 길거리에서 만났더라면 아무렇지도 않게 지나쳐버렸을 한 타인의 영상이 불쑥 자신의 인생 속으로 걸어 들어오는 것을 느낄 때…… 그 느낌이 하도 홀연해서 머리를 작게 흔들어야 그 영상을 지워버릴 수 있는 그때.

만일 그것이 첫 번째 사랑이라면, 첫 번째가 아닌 사랑이 도대체 세상에 있을까마는, 네가 마지막 사람이어야만 한다고 확신하지 않는 연인이 이 세상에 도무지 존재할까마는, 마치 미끄럼틀을 타고 있는 것처럼 한 발자국 내딛는 순간 그 끝에 도달해버리는 것이다.

—『착한 여자』

297

존재는
머무르고 싶어 하니까요

세상에, 이 세상에 변하지 않고 언제나 거기 있어주는 것이 한 가지쯤 있었으면 했지요. 그게 사랑이든 사람이든 진실이든, 혹은 나 자신이든…… 나는 기대어 서 있고 싶었나 봐요. 존재란 원래 머무르고 싶어 하니까요.

—「존재는 눈물을 흘린다」, 『존재는 눈물을 흘린다』

298

고통의 본질

고통이라는 건 말야……. 고통의 본질이라는 것은…… 그러니까 그것이 끝나지 않을 거라는 공포에서 오는 거야. 하지만 이것도 끝나…… 끝난다는 거.

—『착한 여자』

299

누군가의 눈

서귀포 바다의 아침이 너무 예뻐서 카메라의 셔터를 눌렀는데 평범한 사진이 나와버린다. 카메라는 우리 눈이 인식하는 걸 반도 인식하지 못하는 거다. 누군가 우리보다 깊은 눈을 가진 존재가 보면 평범한 저 사람도 특별히 아름답겠지.

—twitter @congjee

300

나는 빨리 늙어버릴 거야

나는 빨리 늙어버릴 거야. 연금을 타면 제일 먼저 흔들의자를 사겠어. 그것을 베란다에 내다놓고 하루 종일 앉아 있을 거야. 시간이 얼마나 느리게 흐르는지를 느끼면서 내내 거기 앉아 있을 거야. 아마 생각하겠지. 이렇게 허망해질 것을 왜 그렇게 볼이 빨개지도록 뛰어다녔을까. 나는 거기 앉아서 내 젊은 날의 욕망을 비웃을 거야. 하지만 내게 그런 시간이 남아 있을 거라는 꿈이 있기 때문에 나는 이 욕망을 지금은 소중히 여기겠어.

—「존재는 눈물을 흘린다」, 『존재는 눈물을 흘린다』

301

비판이 견디기 힘든 이유

비판이 견디기 힘든 이유는 그 비판 속에 비판자의 비난이 교묘하게 숨어 있기 때문이다. 우리가 비판에 대하여 화를 내는 것은 그 비판이 나의 행위가 아니라 행위하는 나를 겨냥하고 있다는 것을 알아차리기 때문일 것이다.

—『높고 푸른 사다리』

302

칭찬하지 말아주세요

나는 칭찬 안 해줘서 너무 좋다. 칭찬받는 고래처럼 춤추지 않아도 되고 마음껏 헤엄치는 고래가 되겠다. 넓은 바다로 내 맘대로 나갈 것이라고요. 작가라는 것, 예술가라는 것, 창조자라는 것이 엄청난 고독을 필요로 하는 건데, 무리 지어 다니는 것은 문제가 있는 것 같아요. 평론가들은 무리 지어 다닐 수 있다고 생각해요. 왜냐하면 논조고, 학파를 형성할 수 있으니까. 그런데 작가는 그러면 빵점이 되는 것 같아요.

—『괜찮다, 다 괜찮다』

303

문장들이,
장대비처럼

언제부터인가 나는 우는 것이 하찮은 일이 아니라는 것을 깨닫게 되었기에, 가슴을 좀 웅크리고 편한 자세를 취해보았는데, 그때 문장들이, 장대비처럼 내게 내렸다.

—「맨발로 글목을 돌다」, 『할머니는 죽지 않는다』

304

아픈 게 당연한 거야

상처받을까 하는 두려움은 잠시 미뤄두자. 예방주사도 자국이 남는데 하물며 진심을 다하는 사랑이야 어떻게 되겠니. 비명을 지르고 안 지르고는 너의 선택이다. 그러나 그것은 아픈 게 당연한 거야. 만일 네가 그와 헤어지는데 그저 쿨한 정도로만 아팠다면 아마 다음 두 가지 중의 하나였을 거야. 네가 그와 한 영혼이 되고 싶지 않아 진정 마음의 살을 섞지 않았든지, 아니면 아픔을 느끼는 네 뇌의 일부가 손상되었든지.

—『네가 어떤 삶을 살든 나는 너를 응원할 것이다』

305

더불어
행복하고 싶었다면

누군가와 더불어 행복해지고 싶었다면 그 누군가가 다가오기 전에 스스로 행복해질 준비가 되어 있어야 했다. 재능에 대한 미련을 버릴 수가 없었다면 그것을 버리지 말았어야 했다. 모욕을 감당할 수 없었다면 그녀 자신의 말대로 누구도 자신을 발닦개처럼 밟고 가도록 만들지 말아야 했다.

혜완은 어린아이처럼 맨손으로 눈가의 눈물을 닦아내면서 그 공허한 뒤뜰을 빠져나와 혼자서 산을 내려가기 시작했다.

—『무소의 뿔처럼 혼자서 가라』

306

말

이상하다. 어떤 말들은 들을 때는 참 좋다가도 금방 잊어버리거나 곧 시들해지고 마는데 어떤 말들은 시큰둥하게 들었더라도 마음속에 남아 있다가 밤이면 책상 서랍 깊숙이 넣어둔 생일 카드처럼 꺼내보게 된다.

—『즐거운 나의 집』

307

쿨하고 서늘하게

상처받지 않기 위해, 냉소적인 것, 소위 쿨한 것보다 더 좋은 일은 없다. 글을 쓸 때에도 어쩌면 그게 더 쉽고, 뭐랄까 문학적으로 더 멋있게 꾸미기도 좋아. 그러나 그렇게 사는 인생은 상처는 받지 않을지 모르지만, 다른 어떤 것도 받아들일 수가 없어. 더욱 황당한 것은 상처는 후회도 해보고 반항도 해보고 나면 그 후에 무언가를 극복도 해볼 수 있지만 후회할 아무것도 남지 않았을 때의 공허는 후회조차 할 수 없어서 쿨(cool)하다 못해 서늘(chill)해져 버린다는 거지.

—『네가 어떤 삶을 살든 나는 너를 응원할 것이다』

308

처음 소설을 쓰던 날

가끔 누가 나이를 물으면 스물넷이라고 대답했는데 내가 왜 마흔둘이 아니라 스물넷이지, 스스로 의아했다. 백만 년쯤 세상을 살아버린 듯 모든 것이 지루하고 고통스러웠다. 우연히 들른 농성장에서 경찰에 체포되고 며칠 후 백여 명의 여자들 중 혼자, 정말 혼자, 넓은 유치장에 남는 경험을 한다. 책도 없고, 아무것도 없는 그 겨울. 먼지가 풀썩이는 담요를 뒤집어쓰고 추위에 이가 딱딱 부딪치게 떨며 스물넷의 여자가 혼자 앉아 아무것도 하지 않은 채 일주일을 보낸다.

그때 내 마음 깊은 곳에서 소설이라는 단어가, 최루탄과 경제학과, 끌려간 친구와 변사체로 발견된 친구와 고문 후유증으로 미쳐버린 선배의 괴로운 형상들을 뚫고 심연에서 솟아나와 찬 대기를 접하고는 머리를 부르르 떠는 푸른 용처럼 솟구쳐 오른다. 그것은 내 평생 처음 맞이해보는 전율 같은 희열이었다. 나는 망설이지 않고 돌진했다. 그리고 돌아와 소설을 쓴다. 공병우식 한글 타자기를 사용했는데 글이 써지는 것이 아니라 내 안에서 뭉텅뭉텅 각혈처럼 터져 나왔다.

—「백지 앞, 자유로운 희망」(이상문학상 수상 소감)

309

너의 꿈

네가 선생님이 되고 싶다고 꿈을 꾸는 것과 그것 외에는 어떤 가능성도 차단하는 것과는 다른 거야. 꿈이 네 속에 있어야지 네가 그 꿈속으로 빠져버려서는 안 된다는 것.

—『네가 어떤 삶을 살든 나는 너를 응원할 것이다』

310

우리

하지만 그가 알까. 우리라는 그 말의 의미를? 우리 집, 우리 가족, 우리 아이들 그리고 우리 남편, 우리 아내의 우리라는 말은 이미 네 속에 내가 들어 있고 내 속에 네가 들어 있다는 뜻임을. 관계를 맺으면 나조차 네가 되고자 하는 한국인들의 마음을. 그리고 그것이 그를 향한 내 마음이었다는 것을. 처음부터 속수무책으로 그랬다는 것을.

"한국인들에게 흰빛이라는 것은 신앙과도 같은 거야. 전쟁이 나거나 흉년이 나던 어려운 시절에, 땔감조차 없던 시절에도 한국인들은 옷을 빨고 불을 지핀 후에 흰옷을 삶아 더욱 눈부신 흰빛을 만들어내고 그것을 지켰어. 우리 할아버지가 말씀하셨지. 흰빛은 모든 것을 받아들이는 색이래."

—『사랑 후에 오는 것들』

311

참 이상하다

참 이상하지. 살면서 우리는 가끔 하기 위해 노력을 해야 하는 때가 있고 하지 않기 위해 노력해야 하는 때가 있어.

—『네가 어떤 삶을 살든 나는 너를 응원할 것이다』

312

불행하다는 건 하나의 사건이다

어떤 사람도 언제나 불행한 건 아니라는 생각을 했다. 한때 그렇게 오두마니 앉아서 이 세상 모든 불행이 자신에게만 쏟아져 내린다고, 마치 하늘이 무너지듯이 쏟아져 내린다고 생각했던 자신은 지금 여기서 그녀를 바라보고 있지 않은가 말이다. 웃고 있는 사람이 언제나 행복한 건 아니듯이 울고 있다고 언제나 슬픈 것은 아닐 것이다. 그러므로 그 여자는 혼자서 그 밤에 카페에서 멍든 눈으로 술을 마시면서 생각했을지도 모른다.

불행한 건 어쩌면 오늘 일어난 하나의 사건일 뿐이라고.

—『무소의 뿔처럼 혼자서 가라』

313

사소한 일이 없는 이유

삶에서 사소한 일이 없는 이유는, 매 순간 마주치게 되는 사소한 선택의 방향을 결정하는 것은 바로 그 사람이 지금까지 살아온 삶의 총체에 의해 결정되는 것이기 때문에 결국 사소한 그 일 자체가 아니라 그 사소한 것의 방향을 트는 삶의 덩어리가 중요하다는 걸 내가 알아버렸기 때문이었다.

—『봉순이 언니』

314

숭어 한 마리를 기다림

스콧 펙 박사라는 분은 그렇게 말했지요.

거의 비중이 같은 어떤 갈등 속에서 올바른 선택이란 사실 존재하지 않는다. 다만 선택한 후의 감정의 조절이 있을 뿐이라고.

하지만 감정의 조절이라는 것을 도무지 잘할 줄 모르는 나는 감히 기도하고 마는 것입니다.

내 하나, 또 하나의 실패 속에서 싱싱하게 뛰노는 숭어 한 마리 건질 수는 없을까요, 하고.

—『상처 없는 영혼』

315

나랑 함께일 때보다는 행복하지 마

그를 일 미터 앞쯤에서 스쳐지나가는 바로 그 순간, 처음 그가 나를 안았을 때 심장으로 느껴지던 그 희미한 고통 같은 것이 살아왔다. 생생한 팔의 감촉과 그의 손가락이 내 벗은 등을 쓸어내릴 때, 용량을 초과한 듯 뛰고 있던 내 심장의 감미로운 고통, 볼이 빨갛게 달아오르고 입술이 덜덜 떨려오던 그 감각의 기억…….

"혹시 사람에겐 일생 동안 쏟을 수 있는 사랑의 양이 정해져 있는 건 아닐까? 난 그걸 그 사람한테 다 쏟아버린 거 같아……. 그리고 그 표정이 아무리 이상해져도 앞으로도 늘 이렇게 말해줘. 그건 사랑이 아니었다고 말해줘. 부탁이야!"

"업어줄까?"

그가 물었을 때 좋지, 하면서 그의 등에 훌쩍 올라탔던 여자를 호수는 기억하고 있을 것이다.

"쓰쿠네 사줄까? 그거 네가 제일 잘 먹는 거잖아."

이렇게 묻던 그 남자를 호수는 기억하고 있을 것이다.

나는 그 자리에 쭈그리고 앉아 두 팔에 얼굴을 묻었다. 누군가 내 어깨를 두드렸다. 마음씨 좋은 산책객이 내게 다가와 괜찮으냐고 물었다. 다이조부? 하고 묻던 그의 일본어가 그리로 겹쳐졌다. 넘쳐흐르는 눈물이 내 팔뚝을 금방 적시는 것을 느끼며 내가 대답했다.

"괜찮지 않아요. 아파요……. 많이 아파요."

이 호숫가는 적어도 그가 없었던 공간, 그로부터 자유로울 수 있는 공간이었다. 여기에는 추억이 없으니까. 여기에는 처음부터 나 혼자 있었으니까. 그런데 이제 그가 여기 들어섬으로써 나는 기억을 갖게 되어버렸다. 그러자 그를 용서할 수 없다는 기분이 들었다.

교토 대나무 숲을 산책하다가 그가 내게 오래도록 입을 맞추었다. 눈을 떴을 때 진초록 대나무 숲 사이로 비쳐드는 햇살 때문에 나는 잠깐 아찔했었다. 그때도 준고는 물었었다.

"괜찮아?"

"안 괜찮아. 그렇게 오래 하는 법이 어딨어? 입술이 좀 아파."

내가 타박을 주자 준고는 미안, 하더니 어디 입술 다쳤나 보자, 하며 다시 나를 끌어당겼다. 그리고 이번에는 더 오래오래 내게 입을 맞추었다. 그때 우리가 칠 년 후 이렇게 어이없이 이렇게 슬픈 눈빛으로 서로를 찾아와서, 다시는 떨어지지 않고 싶어 하던 그 입술로 서로를 상처 입히고 상처 입으며 이렇게 마주칠 거라고 상상이나 했을까.

가끔 수많은 생각을 동시에 할 때가 있다. 머릿속이 하얗게 폭발하고 마는 것 같은 순간이 있다.

'행복하지 마! 준고. 나랑 함께였을 때보다는 행복하지 마.'

—『사랑 후에 오는 것들』

316

어느 편이
사랑일까

이제 저 눈길은 더 멀어질 것이다. 그리고 마음이 남겠지. 마음속에서 폭탄이 터져버리는 것처럼, 내 마음을 내가 어쩌지 못하는 그런 순간이 있을 것이다. 한 폭탄이 터지고 나면 그 파편들을 다 수습하기도 전에 또 다른 폭탄이 터지고, 그래서 마지막에는 그저 입술을 앙다문 채로 표정을 굳히고 제 마음속에 폭탄이 터지는 것을 물끄러미 바라볼 수밖에 없을 것이다. 동료들과의 회식 자리를 파하고 돌아서서 혼자 걸을 때, 모든 걸 포기하고 그녀에게 달려가고 싶은 격정도 울컥거릴 것이다.

한때 사랑했던 사람이 저렇게 겁먹은 눈동자로 나를 바라보고 있는 것은 얼마나 형벌인가. 그 눈빛이 부셔서 감히 바라보지 못했던 그녀였다. 그런데 이제 그가 초라한 점퍼를 입고 어깨를 늘어뜨린 채로 그녀 앞에 와 있다.

언젠가 그가 떠나던 날, 두부처럼 으깨져 내리던 마음을 일으켜 그를 따라 골목길을 뛰어나간 적이 있었다. 그때 정인은 생각했었다. 힘없이 늘어진 그의 어깨를 보면서 위로받았던 것이다. 그도 조금은 괴로운 거구나, 하고. 그런데 오늘 정인은 그가 괴롭지 않았으면 한다. 그의 어깨가 더 이상은 힘없이 늘어지지 않기를 바란다. 어느 편이 사랑일까?

—『착한 여자』

317

오 분을 허락하소서

제가 죽을 때, 그것이 언제든 하느님 제게 5분의 시간만 허용해주십시오. 저는 조금만 생각해보고 싶습니다. 나는 애쓰며 살았을까, 충분히 애쓰며 살았을까, 나를 사랑하고 그로 인하여 얽힌 내 인연들을 사랑하며 살았을까. 풋풋한 흙냄새 일깨우며 비 내리는 봄날과 바람 불고 뜨거운 여름날과 흐린 가을날 그리고 쨍한 겨울날을 사랑했던 내가…… 당신이 주신 그 아름다운 네 계절의 하늘 아래로 살아 걸어 다니면서 열심히 애썼을까…… 그런 생각을 할 수 있는 5분간만을…….

—『착한 여자』

318

마더 테레사

캘커타에서 임종한 마더 테레사가 떠올랐다. 그녀가 운영하던 '임종자의 집'에서는 누구나 각자의 종교에 따라 마지막 예식을 거행할 권리를 주었다고 했다.

"당신은 당신이 바치는 기도를 드리고 나는 내가 바치는 기도를 드리기로 합시다. 우리가 이렇게 함께 기도를 바치면 신을 위해 무언가 아름다운 일이 될 것입니다"라고 죽어가는 사람들에게 속삭였다는 그녀. 많은 결점에도 불구하고 내가 그래도 가톨릭으로 돌아간 것은 가톨릭이 아직 이런 너그러움을 가지고 있었기 때문인지도 모른다는 생각이 들었다.

—『공지영의 수도원 기행』

319

삶이란

삶이란, 젊은 내가 함부로 생각했듯이 변증법적으로만 전개되는 것은 아니며, 그러니까 삶은 뭐랄까 불가해한 것이니까. 작은 상처와 사소한 마음먹음 하나가 생을 뒤바꿔 놓을 수 있다는 것을 나도 알고 있으니까.

—「모스끄바에는 아무도 없다」, 『존재는 눈물을 흘린다』

320

우리 세대

네가 언젠가 말했지. 우리의 어머니들은 딸들에게는 어머니 같은 사람은 되지 말아라 하고 가르치고, 아들에게는 어머니 같은 여자를 얻어라 하고 가르쳤다고, 우리 세대는 그런 딸들과 그런 아들들이 만나 끝없이 갈등하는 세대라고.

—『무소의 뿔처럼 혼자서 가라』

321

악연

헤어지는 건 나쁜 인연이 아닙니다. 서로 붙어서 으르렁대는 것이 악연이지요…….

사슬을 푸십시오. 집착을 끊고 훨훨 떠나십시오.

—『착한 여자』

322

모두가
살아내는 이유

그런데 말이야. 그래도 모두가 살아내는 또 하나의 이유는 오르막은 다 올라보니 오르막일 뿐인 거야. 가까이 가면 언제나 그건 그저 걸을 만할 평지로 보이거든. 가까이 있다는 이유로 눈이 지어내는 그 속임수가 또 우리를 살게 하는지도 모르지.

—『네가 어떤 삶을 살든 나는 너를 응원할 것이다』

323

선은 다채롭고 악은 지루하다

"악마는 창조하지 못해. 오직 흉내 내고 베낄 뿐이야. 악마는 진부하게 하던 걸 계속하지. 그리고 말해. '원래 그러는 거예요', '예전부터 이랬어요', '관행이에요.'"

—『해리』

324

산다는 그것

울지 마. 사는 거? 그건 견디는 거야…… 언젠가 그 여자가 울고 있을 때 깊은 밤, 가게 문을 닫고 포장마차에 앉아 섬 언니는 말했었다.

견디는 거라구. 그냥 오늘을 사는 거야. 그렇게 오늘을 살고 그렇게 내일이 오면, 오늘이 된 내일을 살고…….

—「섬」, 『별들의 들판』

325

잘못이란

잘못된 결정들은 누구나 하는 거야. 다만 그 결정에 얽매여서 세월을 흘려보내는 것이 잘못이지.

—『착한 여자』

326

운명의 낙인

"영원히 평범해질 수 없는 그런 슬픔 아시죠?"

그가 내게 물었다. 내게 왜 그런 질문을 하냐는 듯이 내가 그를 잠시 올려다보았지만 그는 딱히 나를 보고 있지는 않았다. 그래, 운명의 수용소 출신들은 서로를 알아본다. 그것은 그들의 마음속에 피로 새겨진 수인 번호일지도 모른다. 그것은 투명하나 이미 그 낙인을 찍혀본 사람들은 그것을 본다. 미묘한 냄새로 동족을 감지하는 것이다. 처음 만난 순간 그와 나는 그 냄새를 감지했던 것일까?

—「맨발로 글목을 돌다」, 『할머니는 죽지 않는다』

327

어린 소설가의 첫 발자국

나는 어쩌면 그때부터 소설을 쓰고 싶어 했던 것은 아닐까. 영원히 술래가 된 것처럼 금 밖을 서성이면서 그들이 그것을 타는 모습을 지켜보기, 그리고 그들처럼 해보는 것을 상상하기, 그래서 밖에 서 있는 자의 쓸쓸함과 안에 있는 자들의 복닥거림을 엮어내 보기…… 그런 사람이 할 수 있는 일이란 바로 소설 쓰기가 아니었을까?

—「꿈」, 『인간에 대한 예의』

328

서른 즈음에

이 글은 서른을 갓 넘기고 난데없이 두 아이의 엄마가 된 채로 생의 막다른 길에 서 있었던 내 인생의 한 기록이다. 친구의 말을 빌리면 "그것이 벼랑인 줄 알면서도 뛰어내릴 수밖에 없었던" 나날들의 기록이라고 해도 좋다. 그보다 더 고통스러울 수는 없었다는 생각이 드는데, 그건 누구 때문도 아니고 어쩌면 속수무책으로 느껴졌던 운명 때문만도 아니고 실은 내가 나 자신이 누구인지 완전히 잃어버린 채로 서른 살에 도달했기 때문은 아니었을까, 하는 생각이 지금도 든다.

다만 내가 죽은 후 나의 사랑하는 사람들이 날 그렇게 기억해주기를 바라본다. 열렬히 사랑하였고, 열렬하게 상처받았으며, 열렬하게 좌절하고, 열렬하게 슬퍼했으나 다만 이 모든 것을 뜨겁고 열렬한 삶의 일부로 받아들이기 위해 애썼노라고.

더 많이 웃고 울고 떠들고 달려가고 싶다. 그것이 먼 훗날 또한 그저 스쳐 지나가는 한 줄기 바람같이 기억된다 해도. 나는 이제 내게 주어지는 잔을 피하지 않고 받고 싶다. 그 스쳐가는 바람 속에 한 여자의 눈물과 웃음이 생생한 삶으로 버무려져 아마도 어떤 살 냄새라도 조금 머금을 수만 있다면.

—「제2판 작가의 말」, 『상처 없는 영혼』

329

마음의 길이
그리로 가고자 할 때

그냥 이것이 피해갈 수 없는 길이며, 피해서도 안 되는 길이라는 걸 알았다. 콧등을 시큰거리게 하면서 눈물이 올라왔다. 오랜 경험을 통해 나는 그것이 의미하는 것을 알고 있었다. 마음의 길이 그리로 가고자 할 때 내 육체와 영혼을 다해 그를 따라가야 한다는 것을.

—『의자놀이』

330

누구나 덜컹이면서 가는 거야

정인 씨, 우린 엄마들이야. 우린 생명을 만들고 키우는 사람들이라구. 우린 쉽게 무너지는 그런 사람들이 아니야. 민정이가 처음 뒤집을 때 말이야…… 알지요? 애기들 뒤집는 거…… 걔들 맨 처음에 한 팔을 움직여보았다가 그다음엔 한쪽 다리를 옮겨보았다가 그리고 용을 쓰기를 며칠, 그러다가 어느 날 그만 몸을 뒤집어보는 거야. 하느님이 유전자 속에서 다 뒤집도록 입력을 해놓았는데 그게 그 애들한테는 그렇게 멀고 기나긴 시련인 거라구. 하지만 지나고 나면 그건 아무것도 아니잖아. 그거…… 그런 거예요. 어느 날 홀연히 찾아오는 평화, 밤에 자고 아침에 눈을 뜨니 다가와 있는 행복 같은 건 없어요. 누구나 덜컹이면서 가는 거야……. 정인 씨 용기를 내서 나가요. 우린 더 많은 강에서 수영을 하기로 한 사람들이잖아.

—『착한 여자』

331

가끔
그런 일이 있다

가끔 그런 일이 있다. 해일이 바다 밑바닥을 뒤집어놓듯이, 존재 자체를 뒤집어내는 그런 일. 잊은 줄만 알았던 과거가 혼령처럼 불려나와 아무리 술을 마시고 취해 엎어져 있어도, 마음속에서 누군가가 집요한 질문을 던진다. 지나온 자리마다 붉은 상처가 선연하고 돌보지 않은 상처들은 이제 악취를 풍기고 있다.

—『도가니』

332

적막 뒤로 오는 파도

비가 상수리 이파리 위로 떨어지는 소리가 보슬보슬 들렸고 그 적막을 뒤엎으며 언덕 너머에서 바다가 왈칵, 파도 소리로 덮쳐왔다. 산다는 것은 이런 적막과 이런 철썩임의 반복이 아닐까.

—「길」, 『존재는 눈물을 흘린다』

333

사람은
누구나 어리석다

사람은 오늘을 살고 미래를 향해 열려 있다지만 때로 과거는 나의 오늘과 미래를 말해주기도 한다. 그런 의미에서 나는 과거와 화해하려고 오래도록 노력했다. 한때는 미워했었고 한때는 지우개로 지워버리고 싶던 그 어두웠던 기억들.

그러나 때로 과거는 강렬한 고통의 빛 너머에 있던 부드러운 그림자의 기억을 말해주기도 한다. 그때 곧 죽을 것만 같은 나를 위로하지도 못하고 가만히 커피잔을 건네던 친구들의 근심스러운 얼굴, 혼자서 오로지 혼자서 이를 악물고 버텨내던 시간 속에서 문득문득 내려앉던 평화들…… 내가 하루 종일 틀어놓았던 피아노의 선율들, 가을의 냄새들…….

사람은 누구나 어리석다. 적어도 그런 면들을 갖는다. 나는 이제 나 자신과 사람들의 어리석음을 두 팔로 감싸주는 사람이 되고 싶다.

—「제2판 작가 후기」, 『착한 여자』

334

내 슬픔에 정신이 팔려

내 슬픔 하나를 두고, 그것에 정신이 팔려,

그것으로 모든 것을 정당화시킨 채로

우리는 또 얼마나 남의 상처를 헤집는 것일까.

—『즐거운 나의 집』

335

주인공

"글쎄, 그 여자 누군지 되게 좋겠어. 주인공도 되고.
남자들은 무조건 주인공 좋아하잖아."
"난 주인공 싫어. 너무 고생이야.
파란만장에다가 대개 남자랑 헤어지잖아!"

—『사랑 후에 오는 것들』

336

막으려고 한다면 그건 이미

사랑이라는 것은, 대체 그까짓 게 뭔데, 하고 한마디로 단죄할 수는 없는 것이다. 그녀가 지금 걱정하고 있는 그 마음을 미쳤다고 단정할 수도 없다. 이 세상에 한마디로 단죄할 수 있는 것은 아무것도 없다. 저지르기 전에 막을 수 있는 사랑도 존재하지 않는다. 막으려고 한다면 그건 이미 사랑이기 때문이다. 언젠가 식어버릴 그 사랑 하나 때문에 그 많은 걸 바쳤느냐고 물을 수도 없었다. 죽을 줄 알면서도 우리는 열심히 살아야 한다고 말하지 않는가.

—『착한 여자』

337

어떤 순간에도 너는 귀한 사람이다

잊지 말아야 할 것은, 이곳이 이 세상에서 가장 귀한 레스토랑이라고 생각하고 혼자서 가장 우아한 포즈로 먹는 것. 그리고 우아하게 생각하는 거야. 나는 귀한 사람이고 당연히 그런 대접을 받아야 하고말고.

—『딸에게 주는 레시피』

338

내 가슴속의 탑

기억은 머리로 하는 것이지만 추억은 가슴으로 하는 것이어서 내 가슴의 탑은 날마다 불을 환히 밝혔다.

—「존재는 눈물을 흘린다」, 『존재는 눈물을 흘린다』

339

영혼의 어두운 밤

"새로운 사실이 태어나기 전에 반드시 영혼의 어두운 밤이 있다"고 조셉 켐벨은 말했다. 모든 것을 잃고 모든 것이 캄캄해진 후에야 비로소 필요했던 새 인생이 오는 법이라고. 나는 낯선 파리, 바빌론가의 비 젖은 보도를 걸어가면서 그것이 '당신의 뜻대로 이루어지기를' 기도했다.

—『공지영의 수도원 기행』

340

이 세상은 아주 넓은데

그대여, 고통과 격정에 싸여 비통해하기에는 우리의 생이 너무 짧은 것은 아닐까요. 이 세상은 아주 넓은데.

—『상처 없는 영혼』

341

학교

만일 누가 내게 한 십 년이나 이십 년쯤 젊어지고 싶지 않느냐고 묻는다면, 그것처럼 솔깃한 말은 없겠지만 아마도 나는 고개를 저을 것이다. 왜냐하면 그 젊은 나이에 나는 또 학교를 다녀야 하기 때문이다. 학교라면 내 청춘 열 번을 다시 돌려준다 해도 싫었다.

—「광기의 역사」, 『존재는 눈물을 흘린다』

342

고독

사람의 손가락은, 그 여자가 아무리 물뿌리개로 물을 뿌려준다 해도 다시는 돋아나지 않는데 그렇게 제 청춘이 가고 있어서, 지금 돌아보니 바로 그때가 청춘이었는데도, 그 여자는 봄이 오면 슬펐던 것 같았다.

—「고독」, 『존재는 눈물을 흘린다』

343

사랑이란 말 대신

그런 단어 없을까? 별처럼 빛나고 용광로처럼 뜨겁고 폭포수처럼 마르지 않는 그런 말, 사랑이란 말 대신.

—「네게 강 같은 평화」, 『별들의 들판』

344

네가 어떤 삶을 살든
나는 너를 응원할 것이다

나는 네가 어떤 인생을 살든 너를 응원할 것이다. 그러니 아무것도 두려워하지 말고 네 날개를 마음껏 펼치렴. 두려워할 것은 두려움 그 자체뿐이란다. ―앨런 맥팔레인의 『릴리에게, 할아버지가』 중에서

―『네가 어떤 삶을 살든 나는 너를 응원할 것이다』

345

사랑은
단 한 번

얼마 전 나를 엄마처럼 사랑해주는 할머니 친구가 내게 말했습니다. 세상에 사랑은 한 번일 뿐, 나머지는 모두 방황에 불과하다고. 그러니 이제 진짜, 사랑을 시작해보고 싶습니다. 설사 그것이 먼 훗날 다시금 방황이었다고 생각되어진다 해도, 오늘 내가 살아 있다는 유일한 징표인 사랑은 사람과 사람, 나라와 나라를 이어주는 아름다운 다리가 될 테니까요.

—「작가의 말」, 『사랑 후에 오는 것들』

346

생의 부름

생이 나를 부르면 그것이 공평하든 그렇지 않든, 예, 하고 큰소리로 대답하기로 결심했다.

나는 그렇게 겨울을 걸어가고 있다. 어쩌면 그것은 익숙한 것이었다. 그런데 그렇게 생의 부름에 대답하고 나서 혹시 오는 봄을 내가 견뎌낼 수 있을까. 언젠가 기습하고야 마는 봄 앞에서 내가 그것을 견뎌낼 수 있을까? 혹시라도 행, 복 같은 게 온다면 내가 그걸 감당할 수 있을까? 아아, 거기에는 도구가 필요할 것이었다. 겨울 길을 갈 때 장비가 필요하듯이, 봄 길, 꽃 길, 낯선 행복 길을 걸어갈 장비가, 월동 장구 말고, 월춘 장구…… 아마도 내게 그건 쓰기, 읽기, 웃기, 기도하기 아닐까.

—「월춘 장구(越春裝具)」, 『할머니는 죽지 않는다』

347

나무 심는 남자

"잘 자라게 해주셔서 감사합니데이, 우리 불쌍한 딸내미 우리 불쌍한 손주들에게 줄 수 있는 건 지한테 아무것도 없심다. 그저 제가 밤톨이라도 주워 줄 수 있게 좋은 날씨와 바람을 주십시오. 물 주고 수고하는 것은 제가 하겠습니다."

그는 물을 주고 지지대를 바로 고쳐 세우며 그렇게 매일을 산에 올랐다. 그는 심어놓은 나무들에게 말을 걸었다. 거짓말처럼 그는 모든 나무들을 기억하고 있었고 그들의 특성을 알고 있었다. 젓가락 같던 나무들이 회초리만 해지고 회초리만 한 나무들이 장대만 해지면서 산은 푸르고 기름지게 변해갔다.

—『공지영의 지리산 행복학교』

348

실수

나 자신이 싫어지는 때가 이런 때다. 늘 하던 실수를 늘 하는 나 자신을 바라볼 때, 그리고 심지어 그것에 뻔뻔해지지도 못할 때. 하지만 다음번에 그 순간이 온대도 내가 결국은 그 실수를 또 하고야 말 거라는 걸 알 때.

—『사랑 후에 오는 것들』

349

히틀러

모든 인류는 한 나무에 열린 열매들이다. 히틀러라는 열매에 대해서도 우리 모두가 공동의 책임을 져야 된다. 히틀러를 키운 것은 우리인데, 그는 우리의 증오를 먹고 자랐고, 우리의 보복심을 먹고 살았고, 우리의 악을 먹고 자랐다. 그것이 그에게 가서 맺혔다고 해서, 그 사람만 처단한다고 해서 모든 것이 사라질 것이라고 생각하는 것은 환상이다. —헨리 나우웬의 『기도의 사람 토머스 머튼』 중에서

—『괜찮다, 다 괜찮다』

350

우리는 얼마나 작은지

명수의 전화가 사나흘 간격으로 걸려올 때마다, 밥은 먹었니 물을 때마다, 정인이 며칠 동안 낙숫물처럼 고여 받아놓았던 평화가 우르르, 둑을 넘어버리곤 했다. 하지만 이제 정인은 안다. 기다리면, 다시 고요해질 수 있다는 걸, 겨우겨우 고였던 그것이 다시 맥없이 흘러간다 하더라도 평화는 다시 찾아올 거라는 걸. 그러니 이제 그녀가 말하지 않아도 명수는 들었으리라. 이 제주 바다의 바람 소리와 고요한 파도 소리, 그 물속에서 작은 고기들이 투명하고 연한 주둥이로 입 맞추는 소리, 해변의 작고 흰 모래 알갱이가 뜨거운 햇볕을 더는 견디지 못하고 먼지처럼 가벼이 부서져 내리는 소리……. 이런 자연 앞에서 생각해봐야 하는 것이다. 우리는 얼마나 작은지…… 할 수 없는 일 말고 할 수 있는 일이 무언지. 그래, 마음이 고요하지 않다면 고요하지 말라고 하자…….

—『착한 여자』

351

상처에 대하여

사랑하고 있으니까 상처 입히는 것이다. 사랑한다는 것은 상대방에 대해 알게 되는 것이므로, 무엇이 그에게 가장 상처 입힐 수 있는지 알게 되는 것이고, 그래서 그런 순간에 언제나 더 사랑한 사람이, 더 많이 드러낸 사람이 더 상처 입는다.

—「조용한 나날」, 『존재는 눈물을 흘린다』

352

사람의 상처는
사랑으로 치유된다

그때 나는 배웠다. 사람에게 입은 상처는 그 사람에게 다시 상처를 되돌려줌으로써가 아니라, 다른 사람을 사랑하는 일로만 치유된다는 것을 말이다. 아니 꼭 사람이 아니라 해도 생명을 기르고 사랑하는 일이 치유의 길이라는 것을 말이다. 바둑에 골몰하거나 개를 기르거나 축구 혹은 나무 키우기에 미쳐버린 사람에게 중독이라는 말을 쓰지 않는 이유도 같을 것이다. 함께하는 생명이 있으면 그건 좋은 일이다. 중독이라는 말은 인간이 생명이 없는 존재에게 집착하는 일을 일컫는 것, 그것이 게임이든 약물이든 술이든 돈이든 권력이든 혹은 상대가 원하지 않는 그런 사랑이든 말이다.

—『공지영의 지리산 행복학교』

353

고양이는 신의 유머

나는 고양이가 신의 유머라고 생각하고 있었다. 신은 포악한 고양이과 동물들을 만들어놓고 좀 험악하다 느꼈을 것이다. 그래서 그 포악한 동물들의 마스코트 같은 것을 만들어 고양이라고 이름 지었을 것이었다.

—『즐거운 나의 집』

354

사랑은
구별하는 것

사람을 사랑한다는 것은 누군가를 구별해내는 일이다. 그렇고 그런 사람들 중에서, 사랑하지 않았으면 한낱 군중일 뿐인 그 많은 사람들 중에서 유독 그 사람을 구별해낼 줄을 알아지는 것이다. 마치 쌍둥이 형과 동생을 구별해내고 남극의 그 많은 펭귄 떼 중에서 펭귄의 에미 애비가 잡아온 물고기를 물고 틀림없이 제 새끼에게 다가가 물고기를 먹이는 것처럼. 그러니 인간을 창조한 신은 사람을 사랑했던 것은 틀림없다. 그는 모두를 구별해서 다르게 만들었으니 말이다.

—『착한 여자』

355

매화 향기는 삼박자로

그 밤 우리가 마시는 소주잔 위로 매화꽃이 분분했고 매화 향기는 봄바람을 타고 쿵작작 쿵작작 삼박자로 우리 주위를 감쌌다. 그 집 황토방에서 자고 아침에 일어났을 때 매화나무는 햇살 아래 서서 나를 보고 환히 웃었다. 가슴 한편이 쓰라리기 시작했던 것은 내 상처가 꿈틀거리기 시작했기 때문이었을 것이다. 무감각을 넘어 통증을 느끼는 것이 치유의 시작이니까 말이다.

—『공지영의 지리산 행복학교』

356

진정한
외로움은

진정한 외로움은 언제나 최선을 다한 후에 찾아온다.

—『빗방울처럼 나는 혼자였다』

357

인식

엄마가 나무라는 것은 '너의 게으름'이지 '게으른 너'가 아니라는 거야. 우리가 비난에 상처 입는 것은 대개는 이 둘을 잘 구별하지 못하기 때문이지.

—『네가 어떤 삶을 살든 나는 너를 응원할 것이다』

358

이상한
일이다

참 이상한 일이다. 그 집 부인의 얼굴을 보면 그 집안의 부부의 내력이 이제는 금방 읽힌다. 남편하고 사이가 좋은 여자인지 그렇지 않은지……. 아이를 보아도 안다. 이상한 일이다. 그 집안에서 제 엄마와 아빠가 얼마나 아이를 사랑하는지. 아니다. 여자의 얼굴이나 아이의 얼굴이 아니라 그 집 안에 들어섰을 때 사물 하나만 보아도 이제 정인은 알 수 있었다. 하다못해 강아지의 이름만 보아도 알 수 있었다. 이 집안의 주성분이 무엇으로 이루어져 있는지를…….

—『착한 여자』

359

하느님의 달력

아침마다 생각해. 오늘은 우주가 생겨난 이후로 세상에 단 한 번밖에 없는 날이다. 밤새 나는 이렇게 죽지 않고 살아 있다. 언제부턴가 그게 얼마나 큰 축복인지 알게 되었거든. 힘이 들 때면 오늘만 생각해. 지금 이 순간만. ……있잖아. 그런 말 아니? 마귀의 달력에는 어제와 내일만 있고 하느님의 달력에는 오늘만 있다는 거.

—『즐거운 나의 집』

360

사랑의 궁극

사랑의 궁극은 분명히 희생이에요. 희생이고 양보고 그런 건데, 그것은 강한 사람이 약한 사람한테 해야 한다는 거죠. 내가 희생당할 것인가, 차라리 이기적일 것인가를 결정해야 된다면 이기적이 되라고 얘기해요. 그래서 네가 많이 강해졌을 때 그때는 희생을 해라, 아니 희생을 허락하라고 하거든요. 그런데 머리채 끌려가면서 희생당해서는 안 된다는 거죠. 그래서 제가 "예수가 언제 골고다 언덕에 머리채 잡혀서 '싫어, 싫어' 하면서 끌려갔어?" 했죠. 자기 발로 갔고, 예견했잖아요. '나는 그것을 할 것이다. 괴롭지만 간다', 이런 게 희생이고요.

—『괜찮다, 다 괜찮다』

361

평화

정의를 위해 일한다는 것이 불의와 맞서 싸우는 것 이상을 의미한다는 것을 안 이후 나는 평화의 한 끝자락을 잡은 듯했다.

—「작가의 말」, 『도가니』

362

왜

왜 글을 쓰는 당시에는 괴롭다가 끝낼 때가 되면 즐거웠다는 생각이 드는지 모르겠다. 사는 것도 이랬으면 좋겠다.

—『아주 가벼운 깃털 하나』

363

사람에게는 얼마만큼의 사랑이 필요할까

"사람에게는 얼마만큼의 땅이 필요할까" 하고 톨스토이는 썼다. 사람에게는 얼마만큼의 사랑이 필요할까. 아마도 아주 작은, 아주 작고 따스한 안부 하나만큼의 사랑이 필요한 건 아닐까.

—『시인의 밥상』

364

도착하는 곳은 낯선 거리

지도를 놓고 떠난다 해도, 도착하는 곳은 늘 낯선 거리였다는 것을 이제 여자는 안다.

—「섬」, 『별들의 들판』

365

사랑 안에서 길을 잃어라!

이 세상에서 제일 힘이 센 사람은 사랑하지 않는 사람이다.
사랑하지 않으면 누구나 강하니까

사랑이 아니었다면 내게 수치심도 굴욕도 없었으리라
어쩌면 더 많은 돈을 모았을지도 모른다.
가야 할 때 가고 와야 할 때 오고 있어야 할 자리에 있고
없어야 할 자리에 없었으리라.
아마도 지혜롭고 현명하며 냉철하고 우아했으리라.

그러나 사랑 안에서 나는 길을 잃었고
헤어진 신발을 끌며 저물녘에 서 있다.

저 멀리 보이는 것이 불빛이었으면 좋겠다.

| 초판 작가의 말 |

얼마 전 마음속에서 아주 거센 풍랑을 만났다. 나는 익숙하다고 생각했던 키를 놓쳤고 돛을 올릴 수도 닻을 내릴 수도 없이 파도가 나를 들까불리며 노는 모습을 바라볼 수밖에 없었다. 속수무책이었던 것보다 더 힘겨웠던 것은 실제로 자주 구토가 일었고 심하게 몸이 부어올랐으며 여기저기가 딱딱해져서 가끔 스스로를 갑각류같이 느끼게 하는 이상한 육체의 고통들이었다. 몸이 약해지자 마음도 속절없이 무너져 내리고 말아서 자다가 문득 깨어나면 차 내던진 이불보다 슬픔이 먼저 수직으로 알싸하게 코끝으로 치솟았다. 침대에서 바닥으로 한 발을 내딛는 것도 힘겨웠다. 그 작은 접촉도 아픔으로 다가왔던 거다. 맘보다 몸이, 그렇게나 아닌 것들을 힘겨워하고 있었다.

태풍이 올 무렵 나는 모든 연락을 끊고 문을 닫아걸었다. 천천히 밥을 지어먹고 아침이면 흰둥이 여름이를 산책시켰다. 돌아와 어린 강아지 겨울이를 목욕시키고 그 생명들의 흰털을 쓰다듬으며 지냈다. 그들의 털들이 내 머리칼보다 많이 떨어져 내리던 어느 날 창밖을 보니 새벽을 타고 가을이 다가와 있었다. 바람이 생각보다 차서 창문을 닫는데 세월이, 한 평생이, 계절보다 더 속절없었고 오백 년을 산 것같이 몹시 피곤했다. 달력을 보니 2012년 가을이었다.

1988년 《창작과 비평》 가을호에 처음 소설을 싣고 작가라는 이름을 얻었으니 딱 25년이 지났다. 25년, 그 무렵 내 배 속에서 힘차게 꿈틀거리던 딸아이가 스물다섯의 아름다운 처녀로 자라난 시간이었다. 그리고 나는 이제 새로운 집으로의 이사를 앞두고 있었다. 책방으로 들어가 더 이상 소유하지 않을 책들을 골라내다가 나는 주저앉아 먼지 앉은 내 책들을 꺼내들었다. 내 책들…… 참 많이도 썼다, 싶었는데 세월은 생각나지 않는 대신 이 글들을 쓰던 순간들은 오래된 영화보다 더 선명히 내게 떠올라왔다. 그 책상, 그 타이프 소리, 덜컹이던 창문들, 나무들…… 젊었던 나. 그리고 글을 쓰지 않았다면 나는 아무것도 아니었을 거라는 자각이 한숨처럼 차올랐다.

그리고 동시에 내가 작가가 아니었다면, 내가 글을 쓰지 않았다면……이라는 가정을 한 번도 하지 않고 살아왔다는 것 역시 깨달았다. 내가 사랑하지 않았다면, 내가 그를 만났을 때 이것저것 따져보고 음 여기서 멈추는 것이 좋겠군, 하고 생각하고 그대로 행동했더라면……이라는 가정을 한 번도 하지 않았던 것처럼, 우리 아이 셋을 두고 내가 이 아이를 낳지 않았더라면, 하는 가정을 한 번도 해보지 않았다는 것을 깨달은 것처럼 그렇게…… 깨달았다.

이 책은 무엇보다 나에게 주고 싶다. 긴 봄밤을 울었던 소쩍새들과 여름을 지켜준 천둥과 번개에게, 사각이며 떨어져 내리던 나뭇잎들에게, 나비 떼 같았던 흰 눈에게, 그리고 세상의 모든 나인, 나를 나이게 해주고 내 책을 내 책으로 오래 지속되게 해준 독자들, 바로 여러분에게.

2012년 9월

공지영

| 작품 연보 |

1989 더 이상 아름다운 방황은 없다
1991 그리고 그들의 아름다운 시작
1993 무소의 뿔처럼 혼자서 가라
1994 인간에 대한 예의
1994 고등어
1996 상처 없는 영혼
1997 착한 여자 1·2
1998 봉순이 언니
1999 존재는 눈물을 흘린다
2001 공지영의 수도원 기행 1
2004 별들의 들판
2005 우리들의 행복한 시간
2005 사랑 후에 오는 것들
2006 빗방울처럼 나는 혼자였다
2007 즐거운 나의 집
2008 네가 어떤 삶을 살든 나는 너를 응원할 것이다
2008 괜찮다, 다 괜찮다
2009 아주 가벼운 깃털 하나
2009 도가니
2010 공지영의 지리산 행복학교
2012 의자놀이
2013 높고 푸른 사다리
2014 공지영의 수도원 기행 2
2015 딸에게 주는 레시피
2016 시인의 밥상
2017 할머니는 죽지 않는다
2018 해리 1·2

| 인용 출처 |

- 『기도의 사람 토머스 머튼』, 헨리 나우웬 지음, 김기석 옮김, 청림출판, 2008년
- 『깨어나십시오』, 앤소니 드 멜로 지음, 김상준 옮김, 분도출판사, 2005년
- 『내 발의 등불』, 닐 기유메트 지음, 정성호 옮김, 성바오로출판사, 2005년
- 『릴리에게, 할아버지가』, 앨런 맥팔레인 지음, 막시무스(이근영) 옮김, 알에이치코리아, 2015년
- 『열정』, 산도르 마라이 지음, 김인순 옮김, 솔출판사, 2001년

사랑은 상처를 허락하는 것이다

초판 1쇄 2012년 10월 10일
개정증보판 1쇄 2019년 3월 30일
개정증보판 4쇄 2020년 1월 5일

지은이 | 공지영
펴낸이 | 송영석

주간 | 이혜진
기획편집 | 박신애 · 정다움 · 김단비 · 심슬기
외서기획편집 | 정혜경
디자인 | 박윤정
마케팅 | 이종우 · 김유종 · 한승민
관리 | 송우석 · 황규성 · 전지연 · 채경민

펴낸곳 | (株)해냄출판사
등록번호 | 제10-229호
등록일자 | 1988년 5월 11일(설립일자 | 1983년 6월 24일)

04042 서울시 마포구 잔다리로 30 해냄빌딩 5 · 6층
대표전화 | 326-1600 **팩스** | 326-1624
홈페이지 | www.hainaim.com

ISBN 978-89-6574-672-0

파본은 본사나 구입하신 서점에서 교환하여 드립니다.

이 도서의 국립중앙도서관 출판예정도서목록(CIP)은 서지정보유통지원시스템 홈페이지(http://seoji.nl.go.kr)와 국가자료공동목록시스템(http://www.nl.go.kr/kolisnet)에서 이용하실 수 있습니다.(CIP제어번호: CIP2018035404)